Amada y perdida

Amada y perdida

Susie Boyt

Traducción de Magdalena Palmer

MUÑECA INFINITA

Título original: *Loved and Missed*
© Susie Boyt, 2021

Primera edición en Muñeca Infinita: septiembre de 2024
Primera reimpresión en Muñeca Infinita: octubre de 2024
Segunda reimpresión en Muñeca Infinita: septiembre de 2025

© Muñeca Rusa Editorial, S. L. U., 2024
Calle del Barco, 40, 3.º D ext.
28004 Madrid
editorial@munecainfinita.com
www.munecainfinita.com

© de la traducción: Magdalena Palmer, 2024

© de la imagen de cubierta: *Hannah II,* Sasha Hartslief y The Everard Read Gallery

Diseño de colección y cubierta: Juan Pablo Cambariere
Maquetación: Carmen Itamad
Edición y corrección: Esther Aizpuru

ISBN: 978-84-128171-4-0
Código BIC: FA

Impresión: Kadmos

Depósito legal: M-8620-2024

Impreso en España

Para Mary y Cecilia

Te perdono, Maria,
las cosas nunca serán igual,
pero te perdono, Maria,
aunque creo que fue culpa tuya.
Te perdono, Maria,
nunca podré olvidar,
pero te perdono, Maria.
Recuérdalo, por favor.

STEVIE SMITH

1

Esa noche me visitaron algunos viejos fantasmas, un solemne desfile con bufandas y abrigos. Todavía pensaba en ellas —Christine, Sarah, Fran— como «las chicas»; habíamos sido un grupo muy unido, nos cachondeábamos a conciencia unas de otras, nos hacíamos confidencias en la parada de autobús vestidas con nuestros jerséis de cuello en pico de Courtelle, llenas de vida, fanáticas del rímel, algo intrépidas, desesperadas por trasgredir. Christine reinaba sobre nosotras: resplandeciente en presencia física y en personalidad. Su apariencia recordaba a Blancanieves, con un carácter más turbulento —mordaz, inteligente y lista, muy lista—, y siempre resultaba sorprendente caerle bien, alarmante incluso, pese al privilegio que eso suponía. Una vez usé delante de ella la palabra «traidora», que tampoco es para tanto, y me arrepentí durante semanas, y eso que está en el diccionario. Se ha ablandado un poco. Su sarcasmo se ha desvanecido. Hace treinta años su marido, Luke, la dejó con dos niños pequeños para sorpresa de todos, y nueve años después le escribió una carta en papel azul pidiéndole volver a casa, sin más.

No nos habíamos visto en años, pero me llamó y quedamos para hablar de ello. Pese al frío y el viento quiso andar, le parecía que el ritmo de los pasos la ayudaría a aclarar las cosas; eso y la luz vigorizante. Llevé un cuaderno de ejercicios y dos lápices afilados y nos sentamos en un banco de listones rotos en Finsbury Park, con nuestras rodillas rozándose. Christine se había vestido para la ocasión —botas de caña alta color vino y un bonito impermeable que ondeaba al viento— y escribimos dos columnas, una para el sí y otra para el no. No contribuí demasiado. No estaba segura de dónde encuadrarme. Pero asentí lealmente de vez en cuando, me esforcé para no echar sal en la herida. Nos fue muy fácil rellenar la columna del no —ponía cebolla cruda en la ensalada, desmontaba su bicicleta sucia en la mesa de la cocina, y eso no era ni la mitad—; sin embargo, aceptó que volviera. Un error, pensé, cuando la confianza se había perdido. Lo había hecho una vez, dijo Christine, bueno, tres veces que ella supiera. Era la clase de hombre para quien la vida cotidiana implica una serie de evasiones; los secretos y ocultar cosas eran en él un acto reflejo, sutiles trucos de desaparición. Valoraba tanto su intimidad que ni siquiera le gustaba que le preguntasen cómo estaba.

—¿Te lo has encontrado alguna vez por ahí? —me dijo Christine.

—No. —Negué con la cabeza.

Una vez él me dijo que le horrorizaba la vida que no había vivido, lo que solo podía traducirse como desdén por las ataduras domésticas. Pero tenía una forma pasmosa de hacerte sentir más interesante, en cualquier momento del día. Conmovido por la generosidad de Christine, sintiéndose afortunado y agradecido de que le permitiera volver, pasaba gran parte de su tiempo libre planeando actividades que hicieran felices a su mujer y sus hijos. Christine era pintora, y ahora que sus hijos habían dejado el hogar podía pintar todo el día, a veces toda la noche, enfundada en un mono azul marino manchado de pintura. Además era una pintora de las buenas, aunque me preocupaba que sus cuadros tuviesen una intensidad forzada. Que no tratasen de nada. Exponía más o menos cada tres años. Tal vez eso sea malévolo por mi parte. A veces yo podía ser malévola.

Sarah y Fran seguían siendo íntimas amigas y vivían en calles adyacentes. Fran trabajaba, y mucho, en una editorial infantil; era independiente, concienzuda y precisa. Siempre la había visto sin pareja. Ahora estaba escribiendo una novela —sobre la vida sexual de sus padres, al parecer—, «pero no puedo contar más», me dijo, como si yo no fuera lo bastante madura para ese tema. Sarah era más suave, de aspecto caótico, generosa. Últimamente vivía con Geoff —que era demasiado ruidoso y afable para mi gusto; un cocinero increíble, aunque él no alardeaba— y hacía poco había dejado la enseñanza. Quería un segundo acto, me dijo, y había abierto una tienda diminuta en la esquina de un mercado de antigüedades, de dos por dos metros, con una terrorífica escalera metálica de caracol y un altillo más pequeño si cabe. Allí Sarah vendía ropa antigua: camisones blancos victorianos, chaquetas de punto con cuentas, vestidos floreados de seda y crepé de los años treinta y cortinas de encaje que a veces convertía en trajes de novia de estilo eduardiano. Ella lo consideraba un entorno romántico que proyectaba una pálida luz dorada en comparación con las sombras grises de la pizarra, que no favorecían a nadie. Sin embargo, ahora pasaba cada segundo de su tiempo libre remendando en lugar de corrigiendo, lo cual era heroico y femenino sí, pero ¿implicaba algún progreso? Yo no estaba convencida. No estaba segura de lo que dirían de mí. ¿Alta, de pelo castaño, desesperada? ¿Afirmarían que obligada a ser valiente había tenido que curtirme?

Nos habíamos sentado en mi salita, distribuidas entre las butacas verde mar y el viejo sofá azul, susurrando mientras Lily dormía en la habitación contigua. Cuando nadie hablaba, se podía oír su respiración. Me encantaba oírla dormir porque sonaba como si estuviera inhalando vida. Todas querían noticias de Eleanor, o al menos preguntaron por ella, pero yo nunca sabía qué decir. «Sigue como siempre», respondía evasiva algunas veces, o con ironía: «Bueno, ya sabéis», pero era difícil dar con el tono adecuado. Hace unos años cometí un error y les dije a sus oídos ansiosos: «Está estable», pero me refería a que no me constaba ningún deterioro reciente, y eso no es el significado exacto de «estable». Al principio lo tomaron como una declaración de mejoría y me dedicaron amplias sonrisas comprensivas y felicitaciones con los ojos empañados, pero ninguna volvió a insistir cuando se dieron cuenta del malentendido. A veces me preocupaba que mi tristeza les pareciera insuficiente o que pensaran que me había faltado valor. Siempre percibía cualquier enrarecimiento del ambiente: inquietud, juicios, una extraña presión anárquica que me endurecía.

Flotaba en el aire la idea de que tener a Lily compensaba de varias formas la pérdida de Eleanor. Cuando, a través del monitor, la escuchaba asimilar su día en forma de cómicos murmullos mientras yo me sentaba a corregir en la mesa de la cocina, sí que había una especie de luminosa perfección entre nosotras dos. Yo siempre sonreía porque cuanto más cansada estaba Lily, más internacional sonaba su monólogo. Pero si Lily llegaba a creer que era su trabajo repararme, entonces yo habría fracasado por partida doble.

—Menos mal que tienes tus clases —dijo Christine, dijo Sarah, dijo Fran.

¡La conocida panacea! (Era exactamente lo mismo que me dijeron la última vez que nos vimos, hacía un par de años). Serví copas de un vino de color pajizo. Mis antiguas amigas del colegio ya tenían cojines en la espalda, vasos de agua, aceitunas verdes rellenas de láminas de almendra y brillantes tiras de pimiento rojo en conserva. La rebeca azul claro que estaba tejiendo para Lily yacía con los brazos extendidos al lado de mi butaca. Me di cuenta de que cuando estaba con mis amigas intentaba ser más cariñosa. Tal vez necesitaba hacerles saber que Eleanor había tenido cosas valiosas que había desperdiciado, que eligió desperdiciar. Esa es una de las cosas difíciles de la personalidad: para transmitirla con eficacia siempre hay ese ligero aire a actuación que enturbia las cosas. Necesitaba que me vieran bajo una luz compasiva. O quizá fuese solo que estaba muy cansada.

—Esta semana he visto algo, pero no sabía si mencionarlo —estaba diciendo Christine.

—¿Sí?

—Quiero decir que no es gran cosa, pero… no sé. Olvídalo. No tendría que haber dicho nada.

Eso no lo podía soportar.

—Ahora tendrás que decírselo —murmuró Sarah.

—¿Es algo malo?

—No… no. No es malo, no es que sea malo.

—¿Puedes contarlo?

—Bueno, volvía andando de Sainsbury's y pasé por la parada del metro, y ya sabéis que fuera suele haber gente de la calle bebiendo, vagabundos y cosas así, y había un grupito sentado junto a la boca, con sacos de dormir y trastos por todas partes, botellas y envases, mantas, leche, cigarrillos, había una caja de cereales, creo, y había un pequeño cartel para pedir dinero, y uno de ellos tenía un gran perro, y otro tenía una guitarra, y otro, otra, era Eleanor.

—Ah.

—Quiero decir que parecían bastante alegres. A su manera.

—Haces que suene casi…, cómo se dice, picaresco.

Pensé en una vagabunda a quien saludaba a menudo, que abrazaba sus descabelladas posesiones como si fueran su familia.

—No, no es eso.

—No no. Era…, lo he dicho en broma.

—Fue complicado, no la veía desde hacía años, y estaba cambiada, y cuando la vi no supe cómo…

—Te impresionó. Claro. Es comprensible. —Intenté hablar con suavidad, pero me costó.

—Me impresionó bastante, sí. Casi parecía como si…

Me horrorizaba que la gente utilizara un lenguaje figurado en esa coyuntura. «Era como una bonita prenda estropeada por un mal lavado». «Su cara era un mapa de días destruidos», o frases parecidas. «Un templo en ruinas», esa me resultaba insoportable. Algo improvisado a partir de un soneto mediocre de Shakespeare. Eleanor siempre había sido muy guapa y me parecía excesivo que la gente estuviera encantada de que ya no fuera así. ¿Era algo que les había molestado en el pasado? (Sí es cierto que Eleanor había mostrado siempre ese distanciamiento que puede acompañar a la belleza). Una de ellas dijo en una ocasión que parecía «al borde de la neumonía», como si fuera una observación relevante. Sabía que no tenía que darle importancia a esas cosas.

—Lo lamento —dije simplemente—. Lo siento, debió de…

—No no no —me dijo ella—, no pretendía, en ningún momento, que tú tuvieses que…

—No pasa nada. De verdad. Es solo que… —Me mecí en la silla y noté las lágrimas, pero no eran especialmente vehementes. Había algo sensato en ellas.

—¡Ay, Ruth! Te he hecho llorar. ¡Qué horror!

—Por favor, no te preocupes. Es solo…, es solo química. —Me tapé los ojos con los nudillos.

—No sé si hice bien o mal —siguió diciendo Christine—, pero me acerqué y le di un beso en la frente, y no olía mal ni estaba sucia como los demás ni nada de eso, pero ahora tiene el pelo más fino y ralo, ya sabes, como con un aspecto triste, y se le veía el color del cuero cabelludo, una especie de rosa crudo, y perdóname si hice mal, pero le di un billete de diez. Es que no pude contenerme.

Eso me dejó algo descolocada.

—Gracias —dije sinceramente agradecida.

No sabía que todavía podía sentirme agradecida; se antojaba tan anticuado, casi antinatural, poco cauteloso y perteneciente a una parte de mi vida que había desaparecido. Cuando Eleanor tuvo la varicela, mojaba un bastoncillo de algodón en la loción de calamina, pintaba pequeños pétalos rosas alrededor de los granitos, unía los puntos con hojas y enredaderas de filigrana por su cuerpo febril, veía cómo las flores se secaban hasta volverse de color blanco tiza. Esa fue una época auténtica. Cerré los ojos un instante. No me importaba el dinero, pero sí que su pelo, inocente a su manera, hubiese sufrido esa dura condena. De pronto había mucha tensión en la salita. Era evidente que nadie quería decir o sentir nada sin mi permiso tácito. Mis amigas sabían que podía encontrarme en un punto crítico. Era una sensación de intimidad casi asfixiante, esa pequeña habitación palpitando por nuestros nervios femeninos en tensión y mis antiguas amigas del colegio allí sentadas, bañándose en un delicado sentimiento de compañerismo, o intentándolo, o no intentándolo, era tan difícil saberlo. A Sarah se le había escapado una lágrima y se la limpió con la uña del pulgar dejando un breve rastro carmesí. Yo no quería cosas así.

Era un día de octubre desabrido, inestable. El sol estaba bajo e informe. La luz empezó a desaparecer por completo y vi el resplandor de las farolas a medida que se encendían, una a una. Vergüenza. Arrepentimiento. Tristeza. Al día siguiente se atrasaban los relojes. La alegre carrera hacia la Navidad. No sabía cómo iba a mantener el ánimo, los desorbitados niveles de orgullo que mi vida parecía exigir. Eso, o ninguno en absoluto. En la calle dos niñas habían atado una cuerda alrededor de una farola y una saltaba a la comba mientras la otra hacía girar rítmicamente el otro extremo. *Tarta de manzana y limón, dime el nombre de tu amor. A, B, C, D…* De pronto se oyeron gritos, el portazo de un coche, y vi a una mujer joven con un vestido corto de color negro que corría calle abajo, chillando de risa, su bolso blanco ondeando al viento.

—¿Qué podemos hacer? —suplicó Sarah—. ¿Qué podemos hacer por ti, Ruth?

No entendía que su necesidad de ayudarme fuese mi problema. Fantaseé con una insurrección salvaje, pero me limité a sonreír.

Justo entonces Lily entró dando traspiés, heroica con su pijama azul y blanco, los párpados rosados y bordeados de legañas amarillas por las horas de sueño, los rizos aplastados. Parpadeó, asimiló la presencia de las mujeres casi como si fuera un sueño y se llevó la mano a los ojos —un gesto que recordaba a la Garbo, un asombroso ademán de cine mudo— antes de subirse a mi regazo. Todas las largas extremidades que parecía tener, seis o nueve, se aferraron a mí como si fuese un koala y yo un árbol, no exactamente eso, pero hubo una declaración en sus movimientos de que yo era, mi cuerpo era, su hogar, su hábitat natural. Si entonces me hubiesen dicho que ella había salido de mí, lo habría creído.

Me quedé sentada, totalmente inmóvil, ante lo que me pareció una lealtad tremenda. Estaba segura de que las mujeres ahí reunidas de pronto sentían celos de una forma que hubiera sido inconcebible unos minutos antes. Por un momento, mi vida no pareció destrozada.

Se marcharon y seguí un rato más sentada en la penumbra, con Lily todavía acostada en mi regazo y una rotunda oleada de gratitud en el cuerpo. Cerré los ojos, apaciguada por la calma cálida que me transmitían sus brazos y sus piernas, y empecé a soñar despierta. Recordé vestigios de la Navidad de hacía unos años, especialmente tensa. Sin embargo, ahora los objetivos habían cambiado, las expectativas se habían ajustado a la baja, de forma más realista, y aquel día extraño parecía como una de esas viejas fotografías que desechamos porque en ella parecemos amargadas, o feas o perturbadas, pero al encontrarla de nuevo unos años después en un paquete de viejas cartas cuánto daríamos por ser así ahora.

Eleanor no había querido verme durante las fiestas —hace tres años de eso—, pero accedió a que diésemos un paseo la tarde del 25 de diciembre.

—¿Qué tal un pícnic? —propuse, y como ella no me mandó a la mierda sugerí Regent's Park, un lugar digno para la ocasión: a veces hacen falta cisnes, un lago y un pabellón—. ¿Te recojo a eso de la una y vamos para allá?

Pero me dijo que nos viéramos en una modesta franja de hierba cerca de una calle principal, a pocos minutos de donde vivía en Holloway.

Era un día nublado, obstinadamente anodino, con una luz grisácea y descuidada que lo cubría todo. Para mí era normal despertarme sola la mañana de Navidad, pero de alguna forma, de ser sincera, me hería el orgullo. El parque tenía un par de arbustos polvorientos y tres bancos de madera, uno de los cuales pertenecía también a la parada de autobús vecina; aquello era más bien una isla de tráfico con ínfulas, sin apenas árboles y de aspecto peligroso. Claramente un sitio que evitar de noche. Cuando llegué, Eleanor estaba sentada en la parada de autobús con Ben, poco abrigada para el frío, el pelo largo y brillante esparcido sobre los hombros como finas tiras de oropel bajo la luz lúgubre, los dos mirando a su alrededor con aire expectante, como si nadie les hubiese dicho que no hay autobuses el día de Navidad. Ben sonrió; tenía un optimismo ligero y tosco que parecía casi festivo. Se levantó y me saludó con un beso, afectuoso con el universo. Era la tercera vez que nos veíamos, y por su gesto presentí que Eleanor no lo había puesto aún en mi contra.

—¡Feliz Navidad! —exclamé, y los dos sonrieron como si les hubiese hecho un cumplido exagerado. Indiqué que podíamos aventurarnos al interior del parque (por qué no, era Navidad, a fin de cuentas) en lugar de quedarnos en un banco junto a la calle.

Me siguieron, pero Eleanor se sentó enseguida en otro banco, como si fuera muy mayor o le doliesen las articulaciones.

—No tenemos mucho tiempo —dijo.

—No pasa nada, cariño.

Estaba muy pálida.

Mientras buscaba el termo de café, lo servía en tres tazas de esmalte blanco con bordes azules y añadía leche —leche caliente— de un recipiente más pequeño, tuve la sensación de que estaba interpretando algo o a alguien. Me sentí ridícula cuando le entregué a Eleanor su calcetín, como si buscara llamar su atención, casi como un exhibicionista.

—¡Mamá! —gritó, pero parecía contenta.

En lugar de abrirlo, lo sostuvo cerca del pecho como si fuese una pequeña mascota. Sentí que el papel crepé rojo de los regalos se ablandaba al calor de su cuerpo; un aro de cordel plateado se deslizó al suelo. A Ben le había comprado en la tienda de Sarah una bufanda con el tartán de la Guardia Negra; eso le gustaría a cualquiera, ¿verdad? Tenía prestancia, era una bufanda de señor, digna. Me habría gustado para mí. Ben abrió el regalo enseguida, rompiendo el papel. Parecía encantado. La bufanda era sorprendentemente elegante; se la enrolló al cuello y empezó a murmurar feliz, avergonzado, atolondrado:

—Es demasiado buena para mí.

—¡Tonterías! —le dije—. ¡No seas bobo!

Todos reímos, pero la risa sonaba peligrosa.

Me armé de valor y extendí tres paños de cocina a cuadros en el viejo banco, puse unos platos de papel dorado formando un triángulo y desenvolví los sándwiches de pavo que había preparado, la carne medio blanca y medio marrón todavía caliente, la mantequilla reluciente. Tenía relleno de castañas envuelto en papel de aluminio que desmenucé sobre la carne y unté salsa de arándanos de un tarro de café con el dorso de una cuchara. Dejé un vaso de papel lleno de brotes en el banco. Me temblaba la mano.

—Vitaminas navideñas —murmuré con ironía, pero algo en ellos parecía falso, como si estuvieran fingiendo.

Había llevado tres botellines de Coca-Cola, de los curvos —siempre me han horrorizado las cosas demasiado sanas—, y pajitas a rayas rojas y blancas por si alguien quería. Tenía una caja de seis sorpresas navideñas con estampado de petirrojos y puse dos al lado de cada plato. Había olvidado las servilletas de papel con las ramitas de acebo. Coloqué una vela alta y roja en una huevera y encendí la mecha protegiéndola en la curva de mi mano, la llama caliente en mis dedos hasta que la apagó el maldito viento. Nadie hablaba. Era muy consciente de mis pies, de pronto incrustados en el suelo duro; del aire enrarecido y gris, del vacío bajo los zapatos y sobre la cabeza, de las respiraciones irregulares. Me insensibilicé deliberadamente. Actuábamos como si aquello fuese completamente normal, como si celebrásemos la comida de Navidad el día del fin del mundo.

Empezó a lloviznar y la tensa celebración comenzó a marchitarse. Pensé en la mesa de mi piso, las blandas butacas, el hipnótico fuego de carbón. Ben comió un poco pero Eleanor no iba a probarlo, me lo figuraba. Tenía un apetito errático, como tantas chicas jóvenes empeñadas en anularse. Nuestra cita ya le había parecido extravagante. Un fragmento de villancico se me formó en el fondo de la garganta, seis notas enérgicas que ascendían rápidamente. No recordaba la letra. Ah. *Que nada te desaliente.* Ben dejó su sándwich: tres mordiscos con forma de media luna.

Ya había agotado toda su cortesía y solo quedaba una impaciencia creciente, una hostilidad nerviosa que iba en aumento, rápidos intercambios de miradas entre ellos, destellos de desprecio. Un par de veces me pareció que Eleanor estaba a punto de soltarme alguna mordaz verdad doméstica, la guadaña de su boca afilándose contra mí. Saqué una cajita de delicias turcas (¿por qué lo hice?), levanté la tapa de madera de balsa con letras de color verde manzana y retiré el papel de aluminio, que estaba empolvado en el dorso como el envoltorio de un paquete de cigarrillos. Debajo había una lámina de papel encerado blanco y después, ordenados en colores suaves, cuadrados rosa y amarillo limón apretujados, onces filas perfectas y perfumadas. Rosa amarillo rosa amarillo, bajo una fina capa de azúcar glas mezclado con almidón de maíz, textura de nieve seca. Los dos negaron con la cabeza, cómo no. Y entonces ya no se me ocurrió nada más, mi bolsa de trucos estaba vacía. El momento se volvió cada vez más frágil. A mi alrededor apenas había verde, la hierba vieja estaba embarrada y sucia, con paquetes de tabaco, colillas y latas. Las escasas plantas parecían mutiladas y abandonadas a su suerte. Mantuve una leve sonrisa todo el rato, mientras sentía que quizá esa fuese la celebración más triste de mi vida.

He conocido mayores tristezas desde entonces, por supuesto, y en mi tortuosa memoria aquella desolada reunión, vista desde según qué ángulos agudos, también tuvo su burda elegancia, como la portada de un disco clásico o el fotograma de una querida y lúgubre película europea: la cautelosa mujer mayor que, con extraña determinación folclórica, organiza una frágil comida navideña. Las siluetas cauterizantes de los árboles desnudos…, cosas así. Supe que los aburría con mis anticuadas intenciones y convenciones; la pareja frágil, hermosa y misteriosa —islas remotas—, resistía, consentía, rehuía, ignoraba, soportaba. Claro que los recuerdos siempre cambiaban un poco cada vez que los recuperaba; hay que aplicar ajustes pequeños y grandes a las proporciones en la medida en que sirven a nuestros propósitos, o nosotros a los suyos. Pero fue un día muy duro.

Nos despedimos. Ahora tenían la mirada vidriosa de aburrimiento. Eleanor apartó la cabeza cuando fui a besarla, así que solo conseguí un bocado de pelo. Si alguien me preguntaba con poco o demasiado tacto: «¿Has podido ver a Eleanor estas fiestas?», al menos podría responder sinceramente que…

—¿Mamá?

—¿Sí?

—¿Te digo algo?

—Claro.

—Voy a tener un bebé —me dijo—. Una niña.

Vi un súbito brillo en sus ojos y la abracé.

—¿Qué necesitas?

2

La mañana del bautizo metí el Sickert en una bolsa de Sainsbury's y se lo llevé a un hombre en Bond Street. Nos quedamos
uno frente al otro mientras yo murmuraba algo formal e incohe-
rente. Estábamos en un oscuro café italiano, vacío en sus tres
cuartas partes. Doce mesas relucientes con forma de rombo y
efecto palisandro, no mucho más anchas que una tabla de plan-
char, y Elvis cantando sin parar sobre oportunidades perdidas.
Estaba nerviosa. Me sentía a la deriva, como una náufra-
ga. El hombre retiró el papel marrón que envolvía la pintura,
apretó los labios, hundió los hombros. Estaba preparándose
para la decepción, era evidente. Me fijé en su gesto hipócrita
por si en un futuro podía serme de utilidad. El hombre era
enjuto, de torso débil, con una marchita palidez dickensiana.
Manchas de nicotina en los diez dedos. Pelo alborotado.

Me senté bruscamente y me golpeé el codo con el borde de la silla. Nos sirvieron unos cafés pequeños, uno solo, otro con leche. Había grasa en los platitos, olía a tostada quemada y una camarera corpulenta vestida con un mono rosa se preparaba el almuerzo: cortaba tomates corazón de buey con un cuchillo de sierra y deshojaba una lechuga amarilla.

—No es un gran cuadro —me dijo—. Es un boceto.

En la pintura de aspecto antiguo, una figura parecida a un gorrión, vestida de organdí blanco, estaba en un escenario entre cortinas rojas, con un brazo levantado en dirección a la galería. Aquel cuadro era lo mejor que yo tenía.

—¿Ah, sí? —Oí un timbre agudo en mi voz. Tragué un poco de café. Estaba tan cansada que casi ni me importaba. La forma en que me había llegado ese cuadro había sido algo espantosa, una de esas cosas que intentas olvidar incluso cuando están pasando.

—Es lo que hay —dijo el hombre.

Lo que ocurrió después fue que sacó un sobrecito acolchado de una bolsa de viaje negra que tenía a sus pies y yo me lo llevé a los aseos del café, lo abrí y conté el dinero en el pequeño lavabo. Cuatrocientos billetes nuevos de diez libras en cuatro fajos, de olor intenso y bordes crujientes: la reina a un lado, Florence Nightingale al otro, cada una a sus cosas. Nos imaginé a las tres sentadas juntas en un banco del parque, su majestad sujetando un cetro resplandeciente y un pequeño corgi ladrador, Florence benigna y poderosa con una cinta negra al cuello, y yo arrullando a la pequeña Lily con su vestido de bautizo. O con su pelele o lo que les pongan ahora a los bebés en los bautizos aquellos que no tienen fe y pasan por momentos difíciles que no quieren o no pueden afrontar.

Devolví los billetes al sobre, me lo metí debajo del jersey, me abroché el abrigo y me lavé el olor a dinero de las manos. Mi cara en el espejo parecía cansada y desconfiada. Mi imaginación había tenido mucho que hacer últimamente, por no hablar de todo lo demás.

Salí de los aseos de señoras, grité: «Vale, muy bien» a la sonrisa nada apetecible del hombre y me alejé rápidamente de todo aquello. Era principios de noviembre en Oxford Street, el aire suave, un viento ligero, las tiendas amenazando con la Navidad. Mi estado de ánimo era bastante bueno.

El autobús estaba abarrotado y tuve que ir de pie hasta Euston con el dinero alojado junto a mi piel, calentándome las costillas. Había buscado la iglesia en la biblioteca de la escuela, en un libro sobre iglesias de Londres. Ahora trabajaba dos días y medio a la semana, veinte horas.

—Solo quieres enseñar a las niñas listas —me había dicho la señora Hadley—. Pues bien, mucho me temo que no hay que empeñarse en comer rosbif todos los días.

Qué frase tan rara.

«La entrada de triple arco tiene decoración de mosaico en los arcos y se abre a un amplio pasaje que cruza el edificio y emerge bajo una profunda galería occidental a la nave central sin laterales».

Fuera de la iglesia no había nadie, y cuando me asomé a las puertas de madera tallada solo vi a tres o cuatro fieles rezagados. Una colegiala arrodillada vestida con un uniforme de cuadros verdes y blancos y dos trenzas francesas que le serpenteaban por la espalda, eso era conmovedor.

Y entonces los oí: una pequeña multitud de alegres juerguistas, encabezados por Eleanor y Ben, subía por el otro lado de la calle. Era evidente que le habían mojado la cabeza al bebé y la procesión tenía un aire pícaro a lo flautista de Hamelín. Ben llevaba en brazos a la sonriente Lily. Vestía un pantalón de traje pero era viejísimo, le quedaba enorme y se hinchaba a ambos lados alocado y cómico, chaplinesco. Eleanor empujaba el carrito detrás de ellos. Vestía una desaliñada falda negra y un enorme jersey de cuello en pico color marengo con agujeros y mangas largas que se descomponían en gruesas hebras arrugadas. Llevaba el pelo claro recogido severamente como una bailarina y aros finos en las orejas; su boca ancha y generosa, de lejos, parecía un espejismo. Dos hombres llevaban botellas de cerveza. Otro una guitarra. Había tres latas más en el cochecito azul marino con el borde plateado que yo les había comprado.

Eleanor me vio y saludó vagamente, como si estuviera mucho más lejos de lo que estaba en realidad. Cogió a Lily de los brazos de Ben, cruzó la calle y se acercó.

—Aquí tienes. —Me la entregó y se dio la vuelta.

—Hola, preciosa —le dije a la niña besándola en el remolino del sedoso pelo.

Lily estaba como siempre, irreprochable. No la habían vestido para la ocasión, pero se notaba que intuía que era un día especial y estaba bien despierta y con ánimo aventurero, sus ojos sonriéndome con curiosidad. ¿Quizá llevar toalla blanca para un bautizo era chic? Marinero. Fresco. Un bebé emperifollado con ropas formales envuelto en encaje como una niña novia era una idea espantosa, probablemente. Estaba limpia.

No podía observar bien a Eleanor, no cuando estaban de celebración. A veces pensaba que lo que más me preocupaba era que toda la ternura se había escurrido de su cara. La forma en la que había profanado su cuerpo.

Mirándola a una distancia de seguridad de varios centímetros por encima de su cabeza, la felicité con la mayor de mis sonrisas. Esperaba no ofenderla con mi enhorabuena voluntariamente imprecisa. Vislumbré a Ben charlando con los hombres de las botellas de cerveza. De cara cavernosa, llevaba bien su aire maníaco en parte porque era alto y serio y ya tenía esa actitud distraída tan habitual en las personas inteligentes. O eso, o bien su cálida confusión inspiraba ternura. Yo tenía la impresión de que Ben ponía más de su parte que Eleanor. No esperaba mucho de él, quizá solo se tratara de eso. Y no era poco que hubiesen llegado más o menos puntuales, que Lily pareciese bien cuidada, que él se hubiese puesto una camisa blanca formal y que la sonrisa de Eleanor tuviese cierto voltaje aunque pareciese medio enloquecida y no parase de rascarse el cuello. Las mejillas hundidas. Los ojos duros y enrojecidos. Hacían lo que podían.

Jean Reynolds, una compañera del colegio, se había ofrecido a acompañarme. Llevábamos casi dos décadas trabajando codo con codo y ahora, después de varios años de educada fascinación —por ambas partes, me gustaba pensar—, éramos bastante amigas.

—Haré que te sientas orgullosa de mí —me dijo—. Tengo sombreros, tengo broches.

Me eché a reír.

—Seguro que sí, pero…

—¿Prefieres simplificar las cosas?

—Si no te importa…

Abracé a Eleanor de una forma obligadamente imprecisa.

—Enhorabuena, ¡eres un genio! —dije señalando con un gesto al bebé, que era una obra maestra.

Lily se arrojó al abrazo como el relleno de un sándwich.

Apareció el cura saludando animadamente. Lucía su atractivo con cierto humor suntuoso. Era alto, fuerte, de ojos oscuros, efusivo. Quizá le habían comentado que me prestara mucha atención. Me dijo que le alegraba muchísimo conocerme y que Ben y Eleanor le habían dicho cuánto los había apoyado, que no hubieran podido salir adelante sin mí.

—Lo he hecho más que encantada.

De pronto yo, que solo podía soportar muestras muy ligeras de compasión, me sentía embriagada, pero es que su tono era el adecuado. Me contó que la suya era una iglesia inclusiva, lo que no significaba únicamente acoger a todo el mundo, porque eso se daba por supuesto, sino dar apoyo a la comunidad, y comida caliente y ropa de bebé, y los lunes «sopa y sonatas» a domicilio para los feligreses de más edad. Quería poner en marcha una despensa comunitaria —eran ubicuas en Nueva Zelanda—; esa era su siguiente «iniciativa».

—Suena de lo más interesante —me oí decir.

Su oscuro pelo rizado le cayó de pronto sobre las orejas y la frente, y él se lo apartó con timidez. ¡Era tan animado! Me gustaba que no fuese adusto. Me recordaba a Oscar Wilde.

—Música y movimiento para los menores de cinco años —continuó con una floritura—. Los jueves, padres solteros.

Rio y se sonrojó levemente. Por un instante pensé que iba a confiarme algo jugoso, como «Yo tengo uno o dos, extraoficialmente», pero no hubo suerte.

Me agradeció que hubiese asistido.

—Está ocupadísima, me imagino. No tiene que ser nada fácil.

—Bueno… —Afortunadamente, justo entonces Lily sonrió de forma deslumbrante. Era una sonrisa tan contagiosa que añadí—: Es que ella lo pone muy fácil.

Asintió.

—Parece tener muy buen carácter.

Delante de la iglesia había unos precarios macizos de caléndulas en unos cubos grises de madera llenos de colillas y restos de confeti. Un barrendero recogía montones de hojas marchitas.

—¿Vamos?

El cura me cogió del brazo sujetándome la punta del codo con la yema de los dedos. ¿Era así de cortés con todos sus feligreses? Me gustaba que me trataran como la madre de la novia. Entramos todos en la iglesia, nos sentamos delante y casi llenamos las tres primeras filas de bancos marrones, éramos unos treinta en total. Noté un intenso olor a incienso mezclado con cera abrillantadora, desinfectante y una oleada de vainilla artificial procedente del violento perfume de mi vecina. Alguien puso una cinta: *God only knows what I'd be without you.* Me senté con Lily apoyada en el regazo, mi brazo firme sobre su cálida tripita, y mecí rítmicamente la rodilla. Una mujer mayor nos pasó un fino chal blanco ribeteado de raso. Posiblemente tenía alguna relación con la iglesia. Le di las gracias y lo olfateé discretamente; solo olía a lana y a escamas de jabón y, aunque no era nuevo porque estaba algo deslucido, parecía limpio, así que lo doblé en forma de vestidito sobre el pelele de Lily —hacía fresco en la iglesia— y ella se acurrucó. Perfecto. Di unas palmaditas al sobre de dinero —una armadura de papel sobre el corazón— y sentí que volvían a redoblarse mis cálculos ansiosos. Tienes que armarte de valor, me dije. Concéntrate.

Notaba a Lily ligera en mis brazos, probablemente demasiado ligera para los siete meses que tenía; lo que más le pesaba era el pañal. Fui a la parte posterior de la iglesia, usé un banco como cambiador y coloqué una esterilla plegable sobre un reclinatorio con tapetes estampados con típicos monumentos londinenses: la torre de correos, el Big Ben, Marble Arch. Cuando terminé, le salpiqué unas gotas de agua bendita en el ombligo a modo de broma. Yo ya no era religiosa. Suponía que Lily tampoco. Eleanor seguro que no. Lily se rio al notar el agua. Mantuvo una expresión satisfecha, firme y despreocupada mientras le abotonaba los corchetes plateados del pelele. Sus expresiones faciales a veces recordaban a un viejo cómico judío. Le guiñé el ojo. Casi me devolvió el gesto.

Tenía que ser estoica en presencia de Eleanor —si ella me veía afligida de una forma u otra dejaría de hablarme—, pero debido al pánico que sentía olvidé que hacer ostentación de una falsa alegría también le molestaba un poco. A mí tampoco me gustaba. Eleanor aborrecía todo lo falso o actuado, pero si me enfrentaba a ella sinceramente, lo más probable es que no volviera a verla. ¿Qué creía ella que era la valentía? Eleanor podía ser muy exigente; pero este era un día para la generosidad o, si no generosidad, al menos para la amabilidad forzada, y si yo no podía llegar a eso, para una especie de tolerancia miope, como último recurso. Despreciaba este tipo de ajustes a la baja que me hacían sentir miserable. El típico pariente zafio de una novela de Jane Austen. O algo parecido.

Eran las doce menos cinco. La tímida llovizna iba arreciando, golpeaba los ventanales y aglutinaba a los allí reunidos. Un hombre de mi edad, de unos cincuenta y cinco años, se sentó delante sosteniendo a una joven pelirroja a quien se le cerraban los ojos. De vez en cuando le daba un cariñoso codazo en las costillas o un golpecito con su periódico enrollado y ella volvía en sí, sonreía y se espabilaba soltando una risita, al parecer triunfante, pero luego volvía a ablandarse, se le hundían las facciones y los hombros y volvía a desplomarse hacia delante, como si una escena fascinante tuviera lugar en su regazo. No era dramático; había algo ligero, relajado e informal en esos pequeños destellos de animación, pero su pelo rojo resaltaba enmarañado en la chaqueta azul marino del hombre, algunos de los rizos eran como cables de teléfono que le salían de la cabeza en ángulo recto. Sus pecas tenían vida propia.

De pronto la joven volvió la cabeza y se me quedó mirando.

—Hola, señorita —dijo—. Soy yo, señorita. Sheila O'Neil.

Y entonces caí en la cuenta. Le había enseñado Lengua en cuarto y en quinto, estaba en el curso de Eleanor y había sido una gimnasta asombrosa, famosa porque encadenaba volteretas por el patio; más unos fuegos artificiales que una niña, recordé: estallidos de color, luz efervescente, piernas largas y pecosas donde debería estar la cabeza, rizos alocados rebotando, más viva que la vida. Dejó los estudios a los dieciséis. Intenté disuadirla. «Tengo que seguir adelante con mi futuro, señorita».

—Sheila —dije recomponiéndome—. ¡Qué alegría verte!

—Gracias, señorita. Lo mismo digo. ¿Cree que se puede fumar?

—Pues no, ya sabes cómo son las iglesias.

—Sí, aburridas.

El cura volvió a acercarse. Me levanté.

—Su hija se pregunta si consideraría la posibilidad de ser la madrina de Lily, que si se lo plantearía… —Unió las palmas en señal de disculpa.

¿Una abuela haciendo a la vez de madrina? Nunca lo había oído, pero qué más daba; había tías y tíos que también hacían de padrinos y madrinas, y también hermanas mayores, primas y demás, así que dije:

—Gracias. Encantada.

El cura asintió mirando a Eleanor. Parecía aliviado.

—Y si hay algo que le gustaría leer, o un poema, o incluso una canción, si le apetece… —Ahora estaba avergonzado; lo dejó entrever con una pequeña mueca de dolor, como si todo fuese culpa suya y él tuviera que haberlo sabido con antelación. Agradecí que no se le ocurriera humillarme—. Lo sé, he avisado con poca antelación —dijo avergonzado.

Era tan educado que casi te hacía sentir que el cura eras tú. «¡Bendito seas, hijo mío!».

El otro padrino no había aparecido; Ben salió a telefonearle desde la cabina cercana al Sainsbury's grande. Tampoco parecía haber nadie de la familia de Ben. Al menos tenía una madre y un hermano, y también una hermana en Edimburgo que mantenía una actitud distante, pero hoy ni eso.

El padre Pat iba de un lado a otro mirando el reloj en busca de respuestas. Así eran las cosas, empezabas decidido tu misión de rescate y antes de darte cuenta te hacían papilla.

Le susurré a Eleanor:

—¿Quién es la persona más sensata de las que hay aquí?

—¿Qué quieres decir con eso?

—Lo siento, la más amable, a eso me refería, eso quería decir. Lo siento.

Señaló a Sheila.

—Bueno… —dije. Justo en ese momento Sheila no estaba consciente—. Verás, no estoy del todo…

Los ojos azul grisáceo de Eleanor despidieron llamaradas de desprecio. Casi el desprecio de una santa enfadada. De vez en cuando, cuando he recibido esa mirada suya, me he preguntado si podría continuar. Di un rápido paso atrás e incliné un poco la cabeza, como para demostrarle que cualquier insolencia que detectara en mí no era más que un malentendido. Teníamos que encontrar la manera de seguir adelante, eso era lo único que quería transmitirle. El cura empezó a mover los brazos, inquieto. La buena voluntad de la que tan orgulloso estaba —como todos— empezaba a erosionarse. Lo miré y vocalicé sin sonido: «Lo siento mucho», pero si me vio, no respondió. La celebración estaba a punto de desmoronarse. ¿Qué esperaba ese hombre?

—Vale, bien, estupendo, la conoces desde hace quince años, más de la mitad de tu vida, así que vamos a por Sheila. Ya sé, ¿por qué no se lo preguntas y mientras, le traigo un café si quieres, para… para ayudarla, ya sabes, ¿no? A todo el mundo le gusta un café, antes de un gran… ¿Te traigo uno a ti? Vale, voy.

—De acuerdo —dijo Eleanor con su voz gélida.

Dejé a Lily en los sorprendidos brazos del padre Pat y me dirigí a la cafetería que había junto al Sainsbury's. Una cola se extendía ante el gran mostrador de cristal donde dos empleadas untaban mantequilla en un pan de color pardo. Sobre el mostrador había una pequeña cesta de naranjas de plástico y una caja benéfica: «Save the Children». ¿Y a las madres? Una de las camareras inclinó la cabeza hacia mí y, aunque no era mi turno, le pregunté si hacían café para llevar y respondió que no. Le dije que era un poco urgente y que normalmente no se lo pediría, pero que necesitábamos reanimar rápido a alguien que se encontraba mal para que pudiera ser madrina en un bautizo en la iglesia de enfrente que ya prometía, que ya amenazaba con desmoronarse, que probablemente se desintegraría del todo, o que estallaría… —¿acababa de decir yo todo eso?— y al simpatiquísimo cura se le estaba acabando la paciencia con todo el mundo, no era culpa suya, pero…, y se me escapó una lágrima porque a veces no se puede aguantar más, y por suerte algo en mi voz caló hondo en la mujer que estaba detrás del mostrador y ya no fui una cliente exigente sino una triste situación, y eso significaba que entraban en juego otras reglas. Casi me hinqué de rodillas para darle las gracias. Me preparó dos cafés con leche para Eleanor y Sheila en pulcros vasos de poliestireno y los llevé de vuelta a la iglesia, con el líquido malva caliente burbujeando por los diminutos agujeros de las tapas y escaldándome los pulgares. A ellas también les iría bien ingerir unas cuantas calorías: estaban flacas como palos, pequeños insectos palo, palos enfermos.

El novio de Sheila me vio volver a la iglesia y empezó a despertarla con suavidad. Le entregué el café y él quitó la tapa, le acercó el vaso a la boca, sopló y le dio el café a pequeños sorbos, rodeándole la espalda con el otro brazo. Era muy cuidadoso y evitaba que se desplomara o tropezase. Me alegró que estuviera con alguien que velara por ella, aunque le doblase la edad.

—Bien… —Le dediqué mi mejor sonrisa vigorizante: mi voz contenía folios de archivo, carpetas de anillas, perforadoras, tizas—. ¿Te explico cómo va a ir todo? Cuando nos llame el cura, tú y yo —la señalé a ella y luego a mí— iremos juntas a la pila bautismal, allí —volví a señalar—, y repetiremos lo que nos diga el cura. Solo tenemos que repetir las palabras después de él. ¿Te parece bien?

—Sí, señorita —dijo.

—Llámame Ruth. Por favor. Ya no estamos en el colegio. Vamos.

Sheila parecía indecisa.

Casi me planteé pedirle al padre Pat que fuera el padrino.

A saber cómo, lo conseguimos. El mejor momento fue cuando Ben, Sheila, Eleanor y yo rechazamos la tentación del mal. Lily me miró con expresión atónita. No en lo que a mí respecta, parecía decir. Intercambié miradas con el padre Pat: sus pupilas oscilaban entre el humor y la desesperación. «Mejor reír que llorar, porque no sé qué hacer si no», susurraron sus ojos, o incluso «No sé qué demonios hacer», o posiblemente «Qué coño», y de pronto fue tan íntimo que por un momento pareció que ninguno de nosotros llevaba ropa —quizá haya infravalorado la religión—, en cualquier caso tuve que apartar la vista. ¿Hizo entonces Lily una mueca de hartazgo? ¿Podía hacer un bebé algo así? Era tan cómica. Era una idea magnífica ser un bebé y reír mucho más de lo que llorabas.

Llegó el momento de mi lectura. Desenganché mi brazo del de Sheila y la ayudé a sentarse para que pudiera descansar. Siempre hacía que las alumnas aprendieran un poema los viernes por la tarde. Será un bonito recurso para el escenario de vuestra vida, les decía, sobre todo en esos interludios cuando no os podéis dormir o esperáis el autobús o estáis nerviosas por una reunión importante en el trabajo, cuando deis de comer a vuestros bebés podéis rememorar cosas bonitas para animaros, cuando volváis a escena para la ovación final en Stratford-upon-Avon. Muchas veces yo también me lo aprendía. Tenía un as bajo la manga: *Tocando la flauta por valles agrestes,* el poema de Blake sobre la inocencia. Era infantil, alegre, bautismal. Bien. Me puse en pie, confiada, y cuando estaba a punto de empezar, de pronto no supe si su júbilo y su alegría eran realmente lo que requería la situación, aunque también tuviese algunas lágrimas. Necesitaba algo más riguroso, un manifiesto.

Recordé una canción del funeral de mi madre. Eleanor tenía entonces un par de meses y vivíamos en dos habitaciones que apestaban a la colada que la mujer de abajo hervía en una olla enorme sobre su estufa, lejía y chamusquina las veinticuatro horas del día, así que las paredes y la escalera siempre estaban sudando. Yo misma era una masa líquida de dolor: leche, lágrimas, agotamiento. Me sentaba a dar de comer a Eleanor recordando los ruidos que hacia mi madre cuando dormía, su respiración tranquila y su rostro encantador —una feminidad que era en sí su recompensa—, el canto de los pájaros que subía de la calle y las alegres exclamaciones de los juegos infantiles.

Yo tenía treinta años, pero no sabía nada. El padre de Eleanor aparecía quizá una hora a la semana, con el abrigo puesto y los ojos fijos en la puerta. A veces ni siquiera se sentaba.

Había elegido un himno entonces, un himno sobre la bondad. Mi madre no había tenido una vida fácil y yo quería reconocerlo, corregirlo, ofrecerle una compensación. Y ahora, por Lily, volví al atril agradecida por poder apoyarme en él y por la forma en que me protegía, y empecé a cantar. Al principio con voz débil, como la de un tímido niño del coro, pero luego me fui animando. El sacerdote estaba de pie a mi derecha, pronunciando las palabras junto a mí como una santa madre escénica. Lily se retorcía en los brazos de su madre. Yo también sentía a mi madre conmigo, a mi lado, de mi parte. Era la melodía de *The Londonderry air* o *Danny Boy*. No sabía quién era ese yo implícito de la canción, si era yo misma, o mi madre o Dios o Eleanor o Lily o… o…, ¿estaba cantando una disculpa a la raza humana? Algunos días la forma en que nos parodiamos a nosotros mismos es realmente impresionante. Sonreí.

Seré sincero por quienes confían en mí;
seré puro por todos a los que importo,
seré fuerte porque hay mucho que sufrir;
seré valiente porque nunca sobra el aplomo.

Seré amigo de enemigo y de aquellos sin amigos;
daré con generosidad y luego el regalo olvidaré.
Seré humilde, pues conozco bien mi debilidad;
y alzaré la vista y reiré, y amaré, y viviré.

Volví a sentarme. «Señorita, señorita», dijo Sheila, y me apretó el brazo. Esperaba que a Ben y Eleanor no les importara que hubiese aportado unas notas de tristeza. A fin de cuentas, ellos me las habían aportado a mí.

—Muy bonito —dijo el sacerdote.

Jean Reynolds, del colegio, se habría quedado impresionada. Me habría dado un fuerte codazo en las costillas y habría susurrado: «¡Bien hecho!». Hasta Eleanor sonrió. ¿Por qué no estaba la madre de Ben? ¿No había sido el bautizo idea suya? ¿Se había producido algún enfrentamiento o boicot de última hora? Eleanor me había dicho que la madre de Ben no creía que Lily fuera de su hijo. Al parecer, veía algo raro en el color de su piel.

Después Lily soltó una risita y se liberó con zalamería. Era muy generoso por su parte pensar que todo era divertido. Quizá sea cosa mía, pero a veces los bebés me parecen un poco cínicos. Su aura de «Esto ya me lo conozco» les da un aire petulante. Ninguna otra especie se considera tan especial pese a ser claramente genérica, ¿verdad? Pero Lily era civilizada y animosa. Se enfrentaba al mundo con asombro y admiración.

Era consciente de sus puntos fuertes, pero no creía saberlo todo como algunos bebés. Comprendía que, en el gran orden del mundo, ella había nacido ayer. Supongo que esa pequeña me había enamorado. Me obligué a sonreír de nuevo. Tenía un aspecto sano, le gustaba mucho la vida, exprimía alegría de una seta o de un carrete de hilo, lo que resultaba bastante asombroso considerando que estaba medio intoxicada incluso antes de nacer.

Sentí flechas de rabia, imágenes frágiles que se extendían como manchas de sangre. No sirve de nada, me dije. Recurrí a mis mantras habituales. Eso no te llevará a ninguna parte. Piensa en cuál es tu objetivo y avanza hacia él. Tienes que ser práctica. Eso es lo que siempre les decía a las alumnas: Hay tantas cosas en la vida que no importan, tantas cosas que nos frenan, nos acorralan y nos desvían de lo que de verdad es importante… No te obsesiones con cosas insignificantes o en las que no puedes influir y, sobre todo, no te preocupes demasiado en cerciorarte de que los demás saben que tienes razón, porque eso se interpone fácilmente en el camino de lo que quieres y necesitas. Conviértete en una experta en desprenderte de la mayor parte de la vida y libérate para dedicarte a lo que realmente te interesa. Afina tu concentración. No te preocupes por la limpieza o el orden más allá de la higiene básica. Evita que tu aspecto sea tu principal preocupación; eso acabará con tu creatividad. Sé tan autosuficiente como te atrevas. A veces somos más fuertes cuando los demás no saben lo que pensamos o sentimos, así que cuida mucho en quién confías. La gente puede echar a correr con tus dificultades cuando menos te lo esperas, distorsionarlas, saborearlas incluso, y antes de que te des cuenta ya han dejado de ser tuyas. Respeta tu intimidad.

Y gana tu propio dinero o te faltará poder. Cuida tus amistades, nútrelas y te fortalecerán. No conviertas en un pasatiempo desaprobar los defectos ajenos, por excitante que sea; te envenena. Lee todos los días: es una práctica que dignifica al ser humano. Conviértete en una gran lectora de libros y eso te ayudará con la realidad, captarás más fácilmente la verdad de las cosas y te preparará para la vida. Y no expongas tu cerebro a formas artísticas de baja calidad porque te contaminarán de una forma u otra.

Todos teníamos nuestros sermones.

La luz en la iglesia parecía de encaje. Ben y Eleanor habían perdido el interés en la ceremonia y salían continuamente a la calle. Me molestaba que fueran tan despreocupados, aunque podría decirse que eso tenía cierto estilo. Había un pasadizo oscuro en la parte trasera del edificio, en parte cubierto con chapa ondulada; probablemente allí se sentirían como en casa. Habíamos llegado a un punto muerto. El padre Pat estaba de los nervios, eso era evidente.

—¿Dónde están? —me dijo, su sonrisa desmoronándose; se había quedado con el bebé en brazos por segunda vez. Estaba de pie junto al altar y, aunque la luz que lo rodeaba era delicada y las angostas rendijas de sol moteado le ennoblecían el rostro, no podía evitar parecer un óleo paródico titulado *El padre reacio*.

—Sí, no parecen muy concentrados —dije tomando a Lily de sus brazos, con algunas risitas por mi parte—. Son tan impredecibles, los jóvenes. —No sabía qué decirle.

Cuando era niña, estaba loca por Dios. Todas las noches rezaba a la Virgen para mejorar mi carácter y rezaba al Espíritu Santo para hacer feliz a mi madre. Un año fui de retiro con otras chicas a un centro cerca de Borehamwood. Había cabañas de ladrillo rojo y cientos de coníferas. Nos quedábamos hasta tarde comiendo caramelos sabor cereza en la parte trasera del autocar, en pijama, charlando con el conductor, que nos pasaba una botella de ginebra. Mis amigas Suzy y Marion dijeron que Jesús nos quería mucho e incluso antes de que naciéramos pensaba continuamente en nosotras con una ternura enorme, y guardamos silencio ante la inmensidad de aquello. El conductor estaba visiblemente conmovido. «¿Un abrazo, chicas?», dijo, y Marion se compadeció de él y le dio varios besos en los labios. Después, mareadas por la ginebra, bajamos tambaleantes los empinados escalones del autobús y cruzamos de puntillas el patio de grava, en zapatillas, tanteando en la oscuridad el camino de vuelta al dormitorio. Nos acostamos en nuestras camas arropadas con edredones de cachemir, midiendo todos los pasos que teníamos que dar para perfeccionarnos.

Se acabó el día. Se fue el sol, decía la canción de los scouts.

Christine, con sus relucientes mocasines color avellana —no tendría más de trece años entonces—, dijo: «Claro que Dios siempre será más importante para aquellas con padres ausentes».

Celebramos la última parte del bautizo sin la presencia de los padres. A Lily no pareció importarle. El novio de Sheila se acercó a la pila para ayudarla y la luz del sol centelleó agradecida en sus gemelos de oro. A esas alturas yo ya actuaba por inercia. Sheila y yo volvimos a enlazar los brazos con cuidado. Sus huesos parecían livianos y quebradizos, el doble de viejos que los míos. Regresaron Ben y Eleanor. Alguien tenía una cámara e hizo un carrete de fotos. Pregunté si podía llevarlas a revelar, prometí que enviaría muchas copias, pero me dijeron que no hacía falta. No parecía que hubiesen planeado una comida ni nada, ni una taza de té, ni un pastel, ni unas flores. Ben metió en el cochecito a Lily, que pareció que iba a dormirse después de su triunfo.

No podía aplazarlo más. Eleanor se acercó, pero había en sus ojos unos filamentos de vergüenza que me alarmaron. Era sensible y, cuando vio que su expresión me parecía una especie de herida, dijo: «No, mamá, por favor», y yo dije: «No pasa nada, cariño», y ella dijo: «Lo siento, mamá, ha sido un poco desordenado, ¿no?», y yo dije: «Para nada. Ha sido precioso. Bien hecho. Ven aquí», me dio un fuerte abrazo y dejó que la tranquilizara. No sé si soy buena ni sé si soy mala, pero sabía lo que quería, así que me solté y fui a buscar a Lily. Estaba durmiendo con una sutil sonrisa, así que la acerqué empujando el cochecito, le hice señas a Ben para que también se acercara y dije:

—Ben, Eleanor, sé que ha sido un poco caótico, pero qué celebración más encantadora, ¿no os parece? No ha sido nada fácil organizarla, lo sé. Enhorabuena a los dos; a los tres, en realidad. —Ben me miró y abrió la boca como para objetar algo, pero continué—: Ahora, lo que estaba pensando. ¿Os gustaría que me llevara a Lily a casa esta noche, o el fin de semana o unos días? Para que podáis descansar, tener un poco de tiempo para vosotros, recuperar unas horas de sueño. ¿Una semana?

—No, mamá —dijo Eleanor, pero de pronto Ben parecía más atento.

—Ah, y también tengo un regalo para Lily. No sabía qué regalarle. ¿Qué le regalas a alguien que no tiene nada? Así que pensé que mejor eligierais vosotros cualquier cosa que le gustara de verdad para cuando sea mayor, o si necesitáis algo ahora, o guardarlo para más adelante —dije, y les entregué el sobre con el dinero del Sickert, cuatro mil libras, cálidas y que olían a mí, y los besé a los dos como si bendijera el regalo.

Sonrieron aunque parecía que Eleanor empezaba a aburrirse, pero cuando abrieron el sobre y vieron lo que había dentro, en menos de un segundo casi soltaron vapor por la boca y la nariz, y los ojos se les salieron de las órbitas; no exactamente como si fueran ranas o una caricatura, pero casi. Los dos asintieron de nuevo y Ben dijo con cuidado:

—Tienes razón, todo esto ha sido agotador. Eres muy amable y atenta.

—Le compraremos algo bonito, mamá —dijo Eleanor—, y le abriremos una cuenta bancaria y demás.

—Entonces, ¿me la puedo quedar? ¿Unos días? ¿Una semana...?

Ben asentía. Eleanor se encogió de hombros, que era la forma en que solía mostrarse de acuerdo conmigo.

Respiré aliviada pero aún no había terminado, porque cuando levanté los ojos, vi que el padre Pat lo había presenciado todo. Me miró de una forma algo brutal, con las cejas levantadas, la frente fruncida con cierto desdén, y quizá hasta moviera la cabeza con severidad, sin ningún sentimiento de compañerismo, ni siquiera ironía; hubo un amago de rígida intención en sus labios, que parecían haber adelgazado, y levantó la mano como si fuera a hacerme una pregunta o una objeción, o incluso a abofetearme por lo que había hecho, pero le aguanté la mirada y su indignación. Yo no era mala persona y él era nuevo en todo esto y no estaba en posición de juzgar a nadie. No los conocía como yo; no había sido testigo de sus descabellados descuidos y negligencias, de cómo su desprecio podía caer sobre ti con toda su fuerza aunque en verdad eran ellos los culpables. Él no había pasado largas noches en vela en el hospital con Lily durante sus primeras semanas de vida, cuando lloraba por algo que nadie iba a darle.

Toda perspectiva, el paso del tiempo y la escala de las cosas se habían desmoronado entonces. Aquel enorme edificio semivictoriano me había tragado entera en su extraña ciudad, que tenía una gravedad propia, unas propias leyes enardecidas y una luz cruel. Las enfermeras azul celeste, azul klein, azul marino y lila, pasos enérgicos en el reluciente linóleo, cansadas, valientes, parlanchinas, azúcar, cigarrillos. Yo existía a base de café plastificado de la máquina y periódicos rancios, saltaba de mi asiento cada vez que pasaba alguien, dormía poco, apenas iba a cambiarme de ropa o ni siquiera a mear porque me aterrorizaba que pasara algo malo si apartaba la vista un segundo. Sentía el palpitar de la corriente subterránea de mis nervios; el amor y la ansiedad se entrelazaban con el miedo. La rigidez del aire, luz tenue, penumbra, espacio, luz de nuevo. Eleanor y Ben aparecían de vez en cuando. No tan a menudo como deberían. Terrible por mi parte pensar algo así. Obviamente era peor para ellos, pero ¿era eso cierto? Lily yacía en su caja transparente detrás de una pared de cristal. «Alguien tiene que abrazarla», decía yo meneando la cabeza, meneando el corazón, a quien quisiera escucharme. Le pedí a la enfermera que le diera una prenda de punto azul claro que le había tejido para que luego Eleanor lo sostuviera cerca de su piel y aprendieran el olor de la otra intercambiándolo cada pocas horas, pero la enfermera dijo que en esta fase había que cuidar más la higiene. Eleanor tenía los párpados blancos, duros e hinchados. Conmigo se mostraba inflexible y distante. Intenté ser amable con su vergüenza, pero ¿quién hacía lo mismo por mí? Ben parecía encogerse cada vez que me veía, se replegaba en sí mismo con el rostro pálido y la piel descamada por toda la ropa.

Fuera el sol se extinguía todas las noches y a veces me quedaba un segundo viéndolo escabullirse desde los ventanales del rellano junto a los ascensores, contando las sartas de luces que hilvanaban Londres. El cielo se aclaraba con el comienzo de cada día, pero no estaba segura de que se pudiera confiar en él. Toda nuestra suerte estaba en manos de Lily. Pasado un tiempo, los médicos me informaron de un cambio de planes. Lily recibiría pequeñas dosis de morfina porque tenía problemas para dormir y alimentarse, y estaba débil y angustiada. Vi cómo la morfina entraba en su organismo y el alivio casi instantáneo que le producía. Aquello era un teatro oscuro; me tapé la boca con la mano. Sujeté a una enfermera: «¿Y si a partir de ahora solo quiere eso?». Intenté mantener la voz baja. Si me tomaban por una alborotadora, podían echarme.

Me froté las manos con jabón de hibisco contando hasta cien. Lo repetí. Un momento insoportable se extendía ante mí. Me prohibí hablar después de aquello. Sabía que los hechos eran incoherentes, como lo son siempre los relatos detallados de las batallas. No se podía confiar en mí. Al otro lado del cristal, varios bebés dormían tranquilos en el aire fluorescente. Algunos eran apenas un poco mayores que mi mano, casi a medio hacer, con patas de pollo, vendados y conectados a cables, tan delicados. Extrañas criaturas marinas enroscadas, inmensos ojos de uva negra. Uno sonreía mientras dormía, pero no era la mía. La mía lloraba sin movimiento ni sonido. Deseé poder echarme a su lado. Los médicos fueron severos y sabios conmigo. La enfermera reapareció con un vasito de papel plisado con pastillas blancas. «Se encontrará mejor», me dijo, y me pareció amable. Me cogió la mano unos segundos. La soltó. A por la siguiente.

Me di la vuelta y caminé a paso ligero al pie de la iglesia, envolví con la manta de bautizo el cuerpo de Lily, que no llevaba abrigo ni nada, y dirigí la mugrienta asa del cochecito hacia la calle. El fin de semana podía llevarla al zoo, pensé. A Brighton, a ver el viento azotando las olas. Tal vez habría una Navidad blanca, una madrugada silenciosa con esa extraña luz como envuelta en plumas. Imaginé a Lily agitando los brazos con deleite mientras gruesos copos de nieve se posaban en su nariz y su barbilla, los labios fruncidos, los dedos queriendo asir las piezas congeladas del rompecabezas. Yo estaba organizando las cosas con cuidado. Eleanor ya leía antes de ir a la escuela y sabía escribir, coser, tejer, hacer ganchillo y dibujar del natural, a su manera, y también hacer simples muñecas de papel y su correspondiente ropa de papel para vestirlas. Todavía conservo algunos de sus preciosos dibujos en alguna parte, en una carpeta amarilla, llenos de detalles.

Avancé por la calle principal sorteando con el cochecito a los ajetreados peatones de la hora del almuerzo. Lily se despertó un momento y sus ojos azules, firmes e irónicos, parecieron captar lo que la rodeaba y luego me evaluaron. Había mucha alegría en su expresión e intenté quedarme con un poquito.

A veces el valor puede ser arduo, casi una labor manual, pero no esto. De pronto me sentí como uno de esos temerarios motociclistas acrobáticos, volando por encima de dieciséis autobuses de dos pisos a través de aros de fuego.

«¡Allá vamos!».

3

«Para que el pollo asado quede jugoso, amasar la mantequilla con las hojas de estragón, medio diente de ajo picado, sal y pimienta. Introducirlo en el interior del ave, que debe estar bien untada de aceite de oliva».

Hacía tiempo que admiraba la prosa de Elizabeth David y la consideraba a la altura de las otras Elizabeth, Taylor y Bowen (si eso no es un sacrilegio). Su receta de magdalenas incluía la escueta advertencia: «La fe es esencial; si los moldes se llenan en exceso, la mezcla se derramará por los lados y el resultado será desastroso».

El día de mi cumpleaños llevé algunas al grupo de sexto.

—No quiero ser impertinente, pero no saben a mucho, ¿verdad, señorita?

En la escuela Jean Reynolds había empezado a poner a las de sexto al corriente de sus sesiones de terapia de pareja y mi vieja charla sobre las Elizabeth no podía hacerle la competencia. A las chicas les encantaba que Jean les contara episodios de su vida. Confiarles lo que sus propias madres no les contarían ni en sueños era una forma muy inteligente de mostrarles respeto. Eso hacía que las chicas se sintieran maduras y valoradas, algo difícil de conseguir en la adolescencia. Las trataba como a iguales. Disfrutaba viendo a Jean a través de los ojos de sus alumnas. Era atrevida. Les decía cosas como «Alan ha empezado otra de sus aventuras. Que vuelva a silbar lo ha delatado» o «No sé vosotras, chicas, pero a mí me encanta acostarme con Otelo». Si yo hubiera sido una alumna de su curso y hubiese recibido boletines tan disparatados, me habría tentado decirle: «¿Sabe, señorita, que Otelo mató a su mujer?».

—Tan tan literal, Ruth —me regañaba con uno de sus amplios gestos desdeñosos con el brazo. Realmente se necesitaba más estatura para un movimiento así.

A las chicas les encantaban las lecciones con toques trasgresores o dramáticos, pero yo prefería que me tomaran por una maestra aburrida. La mía era una vida hogareña seria y convencional, tranquila y sosa, y era en lo que leíamos donde encontraban todos los secretos y el color. Si hubieran presenciado las escenas más brutales de mi vida doméstica, se habrían quedado fascinadas —sus propias peleas y enfrentamientos con sus madres multiplicados por mil, muchísimo mejor que en la tele—, pero lo que leíamos no habría calado hondo. Yo siempre había mantenido un exterior sosegado.

Corté la piel del pollo mientras empujaba la mantequilla de estragón dentro de la pechuga, y eso me enfadó. Estaba cocinando hecha un mar de nervios: la presión de las fuerzas morales, ¿verdad? Algo así. Mal momento, en cualquier caso.

Rodeé el ave con las pálidas patatas, me quemé ligeramente la mano al deslizar el recipiente en el horno, mantuve los dedos escarlata bajo el agua del grifo. Algunos días la vida consistía en un todo o nada.

—Estamos bien, mamá —me dijo Eleanor cuando me llamó unos días después del funeral para preguntar por Lily. No el funeral, ¡por Dios!, el bautizo.

—Cuánto me alegro, estupendo, bien hecho. —Solo había una firme alegría en mi voz. Necesitaba jugar mis cartas con cuidado, tenía una intensa sensación de alarma. El pollo me había animado un poco. ¿La seguridad de los números, se llamaba la teoría? Como si eso tuviera sentido.

Lily se despertó después de una larga siesta con unos cómicos discos rosados en las mejillas; sería la dentición. Todavía conservaba un frasco de aceite de clavo de veinticinco años atrás. Lily ya tenía un diente —un adorno de porcelana en una pequeña vitrina roja—, me jacté ante Jean. La puse sobre la mantita de cuadros, la incorporé con cojines y distribuí a su alrededor unas ollas, cucharas y tazas de plástico que guardábamos en el escurridor rojo: sus cacharritos de cocina. Eleanor solía hacer desfilar mis carretes de hilo en pequeños regimientos durante horas en ese mismo trozo de suelo rayado de la cocina. Lily gatearía pronto. Oh oh. Le sonreí y me respondió con una mirada de lo más comprensiva.

A las cinco y media fijé el capazo en el asiento trasero del coche con Lily acurrucada dentro y metí el pollo caliente en el maletero, todavía en su envase metálico. Tenía para Eleanor una bufanda que había tejido en verano, de rayas en zigzag color crema, naranja y beis. Tenía *Mi primer libro de la naturaleza* que Fran me había enviado del trabajo para Lily. Saqué de debajo del fregadero el cubo naranja donde guardaba los productos de limpieza, lo puse en el asiento del copiloto y envolví el libro en un paño limpio.

En el coche Lily se puso a cantar con divertidos ba-bas y yo me uní. Cantaba con una expresión curiosamente grave y a veces cerraba los ojos como hacen los intérpretes serios de música clásica. Resultaba muy cómico, pero sabía que no podía reírme porque era sincera. Empezó a llover con ganas y grandes rachas de agua golpearon las ventanillas. El tejado de casa de Eleanor no estaba en buen estado. Lo había mandado reparar antes de que Lily naciera, pero el techador se negó a volver cuando empezó a gotear al cabo de dos semanas. Él sabía que no tenía por qué hacerlo. No se puede obligar a nadie a hacer nada cuando se vive como vivía Eleanor. Se pierden muchos derechos que damos por sentados.

Conduje hasta la calle de Eleanor, donde las luces y las escenas típicas de un domingo centelleaban dentro de las viviendas en fila, cuadrados de calidez amarilla recortados en la incipiente oscuridad. Era una calle mejor que la mía: casas semiestucadas, violines a la hora del té, cielos macizos con castaños de Indias, sus grandes hojas como manos abiertas aplastadas y machacadas en los adoquines. Era una calle sin dramatismos visibles, sin portazos de coches a lo largo de la tarde, sin los arrebatos y gritos enfadados a los que yo estaba acostumbrada.

Por teléfono Eleanor me había hablado de «mejoras» con cierto empaque. Nunca sabía qué me estaba permitido pensar. Aparqué bruscamente, me miré en el espejo, me arreglé un poco el pelo con el peine y me coloqué el flequillo. Había cosas prácticas que gestionar. No iba a poder cargar con Lily y el recipiente del pollo a la vez, ¿o sí? Lo principal era... Contemplé lo que parecía una ecuación de dibujos animados. Lo principal, lo único, era dejar el pollo y quedarme con el bebé.

Conseguí pasarme a Lily por debajo del brazo derecho y sujetar el recipiente con el pollo y las patatas en la palma de la mano izquierda, enganchando firmemente con el pulgar el borde del plato. Tanto una como el otro estaban calientes y pesaban más o menos lo mismo. Me notaba equilibrada, si eso no resultaba una afirmación demasiado exagerada. Yo era vida familiar instantánea: cena y un bebé, un servicio de entrega integral. Un sueño, a saber de quién. Lily se retorcía, pero al menos el pollo se mantuvo inmóvil mientras subía por el sendero del jardín que la sufrida vecina de abajo mantenía con pulcritud. Allí estaban las últimas hortensias, sus cabezas frescas y pesadas por la lluvia, los cuellos doblados casi hasta el suelo.

Dejé el pollo en el umbral, tratando de guarecerlo de la lluvia con el borde del abrigo, y toqué el timbre que rezaba «Ático»; volví a coger el recipiente y esperé. Olí los jugosos vapores de la carne sobre la cabeza de Lily, la dulce salsa lechosa. Volví a llamar al timbre y luego a la puerta. He pasado por todos los sentimientos, los amargos destellos de desprecio, la espesa lástima animal. El mundo era la viuda de Eleanor, pensaba a veces.

Unos minutos más tarde llamé a la ventana. Veía formas tenues moviéndose arriba, figuras apoyadas en la pared. Lily se estaba aburriendo.

—Suena la puerta principal. Toc toc toc. Suena el timbre. Ding dong, ¿quién es? Recuerdo, como si fuera ayer, enseñarle a tu madre los ruidos que hacen los animales. ¿Qué ruido hace una vaca? Muuu. ¿Qué ruido hace un caballo? Clac cloc clac cloc. ¿Qué ruido hace una taza de té? —le preguntaba, y entonces ella daba un sorbo rápido seguido de un largo suspiro, aaah, muy cómico. Cómo me reía. Y ya andaba a los nueve meses.

Eso es inusual. Bastante distinguido, en la... ¿sección de bebés?

¿El reino de los bebés?

Lily sonrió con indulgencia. El reino de los bebés..., ¿ahora lo elevamos a la categoría de religión?

Eleanor apareció por fin en la puerta.

—¡Hola! —dije sonriendo.

No tenía mal aspecto. Sentí gratitud. Llevaba uno de sus viejos y voluminosos jerséis oscuros de puños raídos, y los arrugados faldones de la camisa blanca que asomaba por debajo me recordaron, a saber por qué, a las velas de un barco. Unos vaqueros de aspecto medieval le colgaban de las caderas. Se había lavado el pelo, que brillaba por la humedad. No parecía ofendida en absoluto. Me alegré.

—Hola, mamá —me dijo, pero sin ninguna calidez, como si dijera «cortina» o «factura del gas».

Intenté adivinar por sus ojos, por su boca, por su cara, qué clase de velada nos esperaba, pero estaba demasiado oscuro para ver bien. Y a ella no le gustaba que la escrutara en busca de señales de vida. ¿Quién podía culparla? Ojalá yo pudiera ser más inmune al efecto que mi conducta tenía en ella: sus reacciones impactaban en mis facciones, y entonces su cara respondía a las rápidas contorsiones que veía en la mía. Éramos una habitación de espejos con cientos de reflejos centelleando una y otra vez. Sabía que mi búsqueda constante de destellos de esperanza era de mal gusto, pero no podía contenerme.

Además, debido a este demencial baile nuestro, los sentimientos de las dos tendían a ser poco fiables. Pensamientos fracturados que se redondeaban al número siguiente, comprensiones forzadas, intuiciones falsas. Los necesitábamos, creo, y estaban ligados a un instinto de paz. A veces nos sosegábamos entre nosotras para alcanzar un poco de dulzura, seguridad y confianza, una sensación de comodidad que no era del todo sincera; una sensación de buena vecindad ocasional podía funcionar durante un tiempo, ayudar a superar los pequeños escollos. Yo quizá me sabía culpable de no permitirme ver las cosas.

Subimos la escalera con Eleanor delante. Vista desde atrás era frágil y sus extremidades, que recordaban a las de un pájaro, se movían de un modo extraño. Daría lo que fuese por verte menos flaca y esquiva: maté el pensamiento. Odiaba que mis sentimientos tuvieran que hacer todo lo posible por no llamar la atención cuando estaba con ella.

—¿Qué es eso? —dijo volviendo la cabeza, mirando el pollo con desconfianza.

—¡Es un pollo!

—¿Para qué?

—¿Para qué? Para esta noche. Para cenar. Es comida.

—Vale —dijo, como si yo hubiera inventado un nuevo pasatiempo.

Sonreí con franqueza.

—¿Qué es eso verde? —preguntó.

—Estragón, receta de Elizabeth David. Se puede comprar en Sainsbury's, aunque no siempre; está rico, herbáceo, algo anisado. ¿Tienes hambre?

—Más tarde. A lo mejor.

—¿Estás cansada?

—Sí. Hemos tenido gente en casa.

—Suena divertido. —«¿Divertido?».

En el vestíbulo de la planta baja todo parecía bastante ordenado: pequeños montones de cartas y una alfombra verde oscuro, verde bosque, aterciopelada. Sin embargo, la cosa empeoraba a medida que subías y el último tramo de escalera estaba cubierto de manchas y montones de bolsas negras de basura a ambos lados del pasillo; una escenografía de abandono, papel pintado blanco con una costra de humedad, colillas y quemaduras, cajas de cartón, aire viciado, alarma. Dios, eran descarados. Cuando llegamos a su rellano, la barandilla apenas se sostenía. Un olor amargo, posiblemente leche agria, y por debajo algo rancio, dulce madera podrida. Aunque quizá solo fuera el olor de la basura fermentada que se me había metido en la cabeza, por supuesto. Suspiré profundamente y me mordí el labio inferior. Eleanor me despreciaba cuando yo hacía cosas así. Su boca se endureció, brutal y fría. Ni siquiera había saludado al bebé. Eso me entristeció.

—Aquí es —dijo sin vergüenza, sin orgullo en la voz, sin desesperación, sin nada. Quizá una pizca de resignación, quizá ni siquiera eso, mientras empujaba la puerta. No quería que vigilara ni rastreara sus reacciones.

Lily tenía una expresión dubitativa, escrutadora y curiosa. Se aferró a mí y eso la hizo más pesada de repente. Me pareció que intentaba proteger su intimidad. También me dolía el antebrazo por el peso del pollo, pero no vi ningún sitio decente donde dejarlo.

En los tablones del suelo, entre el sofá y un sillón, había algunos platos de comida añeja con bolsitas de té enmohecidas, colillas flotando en una taza azul y blanca, un mechero, latas de Coca-Cola y de cerveza, papeles de fumar, una baraja abandonada, envases metálicos de comida para llevar con fideos parduzcos, coagulados y brillantes, una guía de televisión, una caja de cerillas, algunas flores en una jarra con los tallos hinchados y viscosos, que empezaban a apestar. Una cuchara quemada. Un hombre me preguntó si quería sentarme. La habitación estaba tan oscura, con una única bombilla tenue en un rincón, que no lo había visto.

—Gracias, muy amable —dije, pero no acepté su oferta.

Me imaginé a Eleanor gritándome por haber compuesto mentalmente las palabras «tu sórdido bodegón». Yo estaba acostumbrada a andar con pies de plomo, a hurtadillas. Sabía que mis pensamientos podían volverse en mi contra, heridos y suplicantes. Si me alegraba por ella o si me desesperaba, Eleanor me encontraba igualmente difícil de digerir. Lo cierto es que yo no sabía qué estaba bien, ni mucho menos qué estaba permitido.

Entré en la pequeña cocina cuadrada, que no estaba tan mal. Encima de la nevera había un paquete sin abrir de cuarenta y ocho pañales, lo cual me impresionó. Dejé el pollo en la encimera y pasé a Lily de mi cadera derecha a la izquierda; era una suerte que no pesara más. Puse algunos platos y tazas en el fregadero, vacié los ceniceros en el cubo de basura sin mirar su contenido, saqué dos manzanas marchitas y un limón mohoso de un cuenco de cristal. Me limpié la mano con una astilla de jabón de vetas negras, me la sequé en la falda, saqué unos pañuelos de papel del bolsillo, los mojé, eché un chorro de Fairy y limpié la encimera. Fregué algunos platos, lo cual resultaba bastante complicado con una sola mano, y me colgué un trozo de toalla al hombro para secarlos apoyándolos en mí. Puse en remojo las peores cacerolas; la sartén parecía de la Edad de Bronce. Mi propio estado mental tampoco era nítido. Pensé que tendría que dejar a Lily en el suelo para fregarlo y antes coger el cubo y los trapos del coche, pero no había ningún sitio adecuado. Tal vez podría volver en otro momento. Abrí la alacena de encima del fregadero para guardar las tazas y vi diez potitos apilados en pirámide: estofado de ternera y zanahoria, cordero y verduras tiernas, pollo con maíz, pudin de manzana y pera. Eso cambió las cosas. Me apoyé un minuto en la pared abrazando a Lily con fuerza, calmándome con una falsa voz cantarina y varios «Vale, vale» y «Lo sé, lo sé». Es increíble cómo puedes ser condescendiente contigo misma y a la vez molestarte por ello, incluso aunque lo necesites.

La besé varias veces en la cabeza. No demasiado. Lo que iba a pasar me resultaba insoportable.

En la pequeña cocina soplaba una brisa fría e intensa a la altura de la cintura.

—Hace frío —dije en voz demasiado alta, a nadie, y como para demostrarlo llamé a la puerta entornada del dormitorio de enfrente, la empujé suavemente, entré con la cabeza gacha, me acerqué a la ventana y la cerré.

Me di cuenta de que estaba llevando a cabo una inspección imprevista; a menudo era de comprensión lenta en lo que a Eleanor se refería, incluso la última en conocer mis propios pensamientos y acciones. Debajo de la ventana había un montón de abrigos viejos sobre un colchón. Esperaba que fueran abrigos. Todo estaba en silencio. Lily se estremeció en mis brazos y empezó a lloriquear. Pensé que debía investigar un poco, levantar las capas de ropa para ver qué había debajo, aunque sabía que no era nada bueno. De pronto el ambiente se volvió pesado, muy difícil de sobrellevar. Aquella era la parte más fría de la habitación. El olor no era normal. Dejé de respirar. Cerré los ojos durante unos instantes. Y luego vi que asomaba un zapato. Dios mío. No era decente recibir las dificultades de otras personas como si fueran una afrenta o un arma, lo sabía, pero creí que iba a vomitar. Me lo tragué.

Eleanor asomó la cabeza por la puerta.

—¿Quieres té? —me dijo.

Ahora estaba más animada; de pronto se la veía algo alegre, festiva incluso. Ya no había luz y ella siempre estaba mejor cuando oscurecía. Todo lo que tenía que ver con el día le resultaba demasiado duro: la nítida sordidez de la mañana, la raída confusión de la tarde. También sufría de nerviosismo. Era natural. Resultaba tan duro para ella como para mí.

—En otra ocasión —dije alegre, tratando de parecer animada—. Hum, creo que…

—¿Estás bien?

—Sí. Es solo…, solo que tendría que ponerme en camino. Siento no poder quedarme y ayudarte esta noche. ¿Está Ben?

Sonrió.

—Está al caer. Ha ido a la tienda.

—Vale. Solo quería preguntarle algo…

—¿Tienes muchos exámenes que corregir?

Aquello fue un gran regalo.

—Sí. Una tonelada. Increíble.

—Eres buena —dijo, lo cual me hizo reír.

—¡Gracias!

La besé en la puerta del dormitorio, extendí el brazo libre y se lo pasé cautelosamente por la espalda, conteniendo la respiración como un adolescente con una chica. Se crispó y tembló ligeramente, pero no se opuso. Le di una serie de palmaditas amistosas en el hombro, que ella aceptó varonilmente. Admiró el jersey Fair Isle que llevaba Lily, un regalo de Sarah procedente de un lote de ropa de segunda mano de su tienda. Luego alargó los brazos para cogerla, pero en ese momento Ben volvió de dondequiera que estuviese y de pronto nos encontramos apretujados en el pequeño trozo de moqueta marrón con dos puertas abiertas y cuatro personas, incluida Lily, en un espacio minúsculo, con ocho codos y sus correspondientes huesudos tobillos, por no hablar de todas las personalidades, y me escabullí de Eleanor saliendo al rellano de la escalera. A Ben le colgaba de la muñeca una bolsa de plástico a rayas azules y blancas. Una botella de vino, dos cartones de leche infantil y un Aero de menta. Parecía de buen humor y me saludó afectuosamente. Lo seguí hasta el interior del piso, a la pequeña cocina, y cerré la puerta corredera en cuanto entré con Lily pegada al pecho.

—Ben, ¿puedes escucharme un momento? Tengo que decirte algo. Es que… Perdona que…

—Sí.

—Creo que hay alguien en vuestra habitación que no se encuentra bien. Podría estar muy mal, no lo sé. No se mueve para nada. ¿Podrías comprobar cómo se encuentra? No tengo ni idea. Quizá no es nada. Solo que… no se ve bien. Yo…

—Mierda —dijo—. Mierda. Mierda mierda. —Parpadeó rápidamente, volviendo en sí—. Está bien. TODO va bien. NO pasa nada. Puedo…

—¿Quieres que te ayude?

Negó con la cabeza.

—No, no hace falta.

Pronuncié un rápido «Adiós» y empecé a bajar la escalera.

—¡Eh! ¿Te llevas a Lily?

Salió al rellano y de pronto empezó a llamarme, y Lily y yo levantamos la barbilla para encontrarnos con sus ojos en el hueco de la escalera, pero no dejamos de avanzar.

—¿Sabes qué? —le dije con calma—. Creo que sí.

Bajamos corriendo el resto de la escalera verde, conduje hasta el final de la calle y aparqué bruscamente. Nos quedamos un rato sentadas en el coche para recuperarnos, con las puertas cerradas. Yo respiraba muy deprisa, me temblaban las manos. Cogí a Lily del asiento trasero y me la puse en las rodillas. Entonces empecé a tiritar, ella empezó a gimotear y le canté para que se durmiera en mi pecho, y creo que también me canté a mí. Lo siguiente que recuerdo es la sirena de una ambulancia que pasó a nuestro lado.

—A casa, James —murmuré, y metí a Lily de nuevo en su capazo.

Un par de semanas antes, en la sala de profesores Jean Reynolds había hecho una mueca que yo tomé por compañerismo y me había dicho: «No podría llevar tu vida». Vio enseguida el dolor en mi cara, las gotas de rechazo que me manchaban las mejillas, y se disculpó formalmente. Al día siguiente dejó una postal en mi casillero: una pintura de Pushkin herido en su lecho de muerte. «OTRA VEZ yo metiendo la infame pata —había escrito con tinta verde—. ¿Me perdonas?». Pero sentada en el coche, en mi torpe huida de una escena que no comprendía del todo, sus palabras me reconfortaron. Jean solía minimizar las cosas. Por ejemplo, se enfrentaba al dolor y a las dificultades con firmeza. Había que «luchar con todas las fuerzas», creía ella, plantándose cual soldado peregrino ante la vida, contra el mundo, desafiante y lívido, incluso a las once y veinte de la mañana de un lúgubre jueves, pero me alegraba que no me exigiera lo mismo. Que viese que mi situación era imposible. Estas cosas se apreciaban aún más cuando te habían invalidado por completo como madre.

Me concentré. Había planeado ese momento. No puedes dejar a la niña con ellos. No puedes dejar a la niña con ellos. Estaba acostumbrada a tener a Lily con poca antelación, a llegar al trabajo con costras de leche en la camisa, grumos de huevo, rastros húmedos de pera tamizada, papilla de bebé, moco de bebé, amor de bebé. En mi casa Lily tenía la vieja trona de Eleanor con su propia bandeja blanca, tenía un surtido de juguetes, tenía…, me tenía a mí.

Era cierto que los había ayudado a parecer mejores y más fuertes. Falsas impresiones, necesarias a su manera. Después de que Lily saliera del hospital, había pasado por su piso a diario para cocinar, antes y después del trabajo, y a veces para limpiar en mi descanso del almuerzo: la piel de las manos áspera y escamosa, casi despellejada; los nervios también a flor de piel, pero no había cremas para eso. Les llevaba fruta, pan crujiente, ropa de bebé planchada y apilaba gasas de muselina en los cajones para cuando aparecían los auxiliares sanitarios. Si se estropeaba algo, enviaba a un manitas para que lo reparase. Conseguí a buen precio una *Enciclopedia británica* con el volumen NQ desaparecido, pero solo les duró una semana. La abuelita tejía un oasis de competencia y calma cuando se materializaban los trabajadores sociales. Clic clac, clic clac, como un viejo reloj de pared. Un par de manos seguras. ¡Hola! Un gorro beis de aspecto napoleónico con una borla majestuosa. ¡Hola! Otro para el verano en lana ligera, azul pálido. La trabajadora social de más edad estaba encantada: «¡Parecen sacados de Jane Austen!». Un esterilizador de vapor eléctrico de última generación —el mejor de Argos— que no habían visto antes. Prácticamente hacía la cena, dijimos riendo.

Y siempre mantuve un tono ligero, un cauto aire optimista: «Las cosas van bien, sí, eso creo, estoy animada». «Le están cogiendo el truco, ¿qué les parece a ustedes?». «Llegan justo a tiempo, estamos a punto de sacar el bizcocho. ¿Prefieren mermelada de frambuesa o de albaricoque?». Monté dos estanterías y coloqué puzles y peluches, hice cortinas y encargué una persiana. Compré el cochecito, la cuna y la ropa de cama. «Me parece que el bebé los está ayudando a cambiar de vida. Quiero hacer todo lo posible para que esto funcione». Qué extraños esos momentos de la vida en los que decir la verdad suena a engaño. Limpiaba rutinariamente el armario del baño porque los auxiliares sanitarios siempre husmeaban allí. Lily tenía al día todas sus vacunas y revisiones. Al principio el equipo iba cada dos días, así que este proceso se repetía cíclicamente. Había una caja dentro de otra caja dentro de otra caja debajo de la cama. Para lo inmencionable. Ojos que no ven, corazón que no siente. Muchas veces me llevaba a Lily a mi casa los fines de semana. Qué extraño sentirse tan orgullosa y tan furiosa de una misma al mismo tiempo. A veces hasta me daba demasiada vergüenza existir.

Lily no iba a tener una infancia de apaños, un servicio de remiendos incompleto y provisional. Yo no iba simplemente a intervenir. Lily recibiría todo lo que pudiera darle. Ellos ya habían tenido su oportunidad. Me sentía ambiciosa por la niña. Ya era ella misma, la tenacidad de su voluntad se le veía en la cara. Yo haría las cosas como Dios manda, conseguiría una orden de custodia adecuada. Documentación de responsabilidad parental. No habría negociaciones interminables. Pasa el paquete. En plena noche. No volvería a hacer eso. Tampoco les daría más dinero. Había anotado largas listas en un pequeño cuaderno por si luego me resultaban útiles. Cosas malas de las que me avergonzaba.

Fue Jean quien me había dicho que lo documentara todo.

—¿Un libro de pruebas? —objeté rotundamente—. No no no. Ella no se lo merece.

—Creo que no lo entiendes. Eleanor está enferma y es una enfermedad que viene acompañada de un inevitable declive ético. Es un síntoma. En cuanto te ocupes del bebé, te tendrán donde ellos quieren.

—¿De qué estás hablando? ¿Quiénes son ellos?

—Harán que te enamores de Lily y luego aparecerán por la noche y amenazarán con quitártela a menos que les des todo tu dinero.

—Estás viendo demasiada televisión, Jean. Y ya estoy enamorada de ella. Y además…, ¿qué dinero?

—Ya. Bueno. Tal vez… Pero anótalo todo. Te reforzará.

—¿Tengo que hacerlo?

—Sí.

Yo podía ser desalmada. Rara vez lo he demostrado en la vida, pero era algo que estaba en mí.

Sin el bebé, ellos quizá fueran cuesta abajo muy rápido.

Lily podía pensar en sus padres como en unos parientes alocados, excéntricos, como la gente de circo o los astronautas, con el corazón en su sitio pero la cabeza en las nubes. Ausentes y distraídos pero divertidos y cariñosos, inteligentes sin duda, poco realistas sobre la vida, probablemente despreocupados, niños ellos mismos, que era la razón de que tomásemos nosotras las decisiones. Podrían trazarse líneas más duras, pero yo quería evitarlas. Cuando fuera mayor, le explicaría que, con la mejor voluntad del mundo, habían estado demasiado mal para cuidar de ella. Aunque triste, no era necesario presentarlo como la escena de un crimen. Ellos lo estaban llevando mal, pero no desde el punto de vista del juicio ajeno, sino «mal» en el sentido de «con grandes dificultades».

—¿Qué vas a hacer con ella cuando estés trabajando? —dijo Jean—. Si te dan la custodia.

Por una vez, tenía una respuesta:

—Una vecina mía, Kay, cuida niños. Antes de jubilarse era enfermera en Northwick Park. Su marido es mayordomo en un gran hotel del West End. Grosvenor House, ¿es ese el de Park Lane? La he visto muchas veces con el cochecito doble. Es encantadora. Canta *Molly Malone* a los niños mientras los pasea por la calle. Señala los nombres de los árboles. «Eso es un sicomoro, no es el árbol más fascinante del mundo, pero, como siempre digo, es un árbol en el que se puede confiar».

—Ah.

—Solo dos días y medio a la semana, lo mismo que ahora, y solo durante el curso escolar, treinta y siete semanas al año. Lily estará durmiendo una cuarta parte del tiempo. Así que... Y es solo hasta que pueda ir a la guardería. Me he dado una vuelta por allí. Es todo muy acogedor. Y ella ha aceptado.

—¿Y cuánto costará?

—Es factible, si soy prudente.

Jean asintió. Sabía que yo era ahorradora por naturaleza.

—¡Cómo puede alguien dormir con leotardos! —me dijo una vez meneando la cabeza.

—No lo critiques hasta que lo hayas probado, Jean.

Ese plan era más que suficiente para la primera semana. Nos detuvimos delante de mi piso; en la calle había un altercado entre una chica a medio vestir y un hombre gordo y calvo en un coche. Las calles del barrio empeoraban por momentos; se avergonzaban de sí mismas. Volví la cabeza. Estreché a Lily en mis brazos. Era muy cálida y suave, y era cierto que me había sentido monumentalmente sola. Metí la llave en la cerradura con los ojos apenas abiertos, encendí las luces del vestíbulo, subí la escalera y me desplomé en una butaca de la sala. Eleanor me dijo una vez que yo tenía talento para la decepción. Qué raras son las cosas que se nos quedan grabadas. Recuerdo haberla reanimado una noche, hará unos tres años y medio, quizá cuatro. La encontré inconsciente en mi cama, desnuda. Entonces ella ya ni vivía aquí. Abrí y cerré la ventana, la llamé por su nombre, puse su vieja cinta de música para intentar despertarla con tacto. Llamé con fuerza a la puerta. Di un portazo. Nada. Le froté el esternón y luego froté y rasqué suavemente la zona justo encima del labio superior. Apenas tenía pulso.

Intenté infundirle más vida respetando su desnudez, con mantas y sábanas amontonadas, mis labios sobre los suyos, el miedo en aumento mientras llamaba a una ambulancia. La puse en pie, la cubrí con mi abrigo, intenté hacer andar su cuerpo apenas consciente soportando el peso sobre los hombros, sus piernas colgando, sus pies sobre los míos como si mi pareja de baile fuese una zombi, mechones de su pelo en mi boca. No pesaba casi nada. Le deslicé los pantalones por las piernas y el abrigo se cayó, así que la envolví rápidamente en la colcha, las costillas afiladas asomando, sin pechos propiamente dichos. Pedí a los paramédicos que apartaran la vista. Subí a la ambulancia detrás de ella, me senté en el banco de plástico azul con mi brazo en la camilla llena de correas para sujetarla, lo que me hizo pensar fugazmente en sillas eléctricas. Le besé un párpado y luego el otro y le puse la rebeca bajo la cabeza para que tuviera algo suave y cálido junto a la cara con mi olor, para que la piel de las mejillas y el cuello no rozara las gruesas correas.

Los paramédicos, dos hombres enormes, fuertes y monosilábicos, le daban inyecciones para reanimarla como si intentaran arrancar mecánicamente el motor de un coche, y mientras tanto yo esperaba, rezaba, apenas respiraba, como si reduciendo mi consumo de aire le dejara más a ella. Poco a poco algo de color volvió a su cara. Levantó un brazo. Al cabo de un minuto abrió los ojos y me indicó que me marchara con dos movimientos de la mano. Asentí con la cabeza, tragué saliva y me puse en pie, como solo saben hacer los expertos en escenas de amor no correspondido. Me asomé a la ventanilla, pero en aquel momento avanzábamos muy deprisa entre el tráfico y se me pasó por la cabeza abrir la puerta y saltar en marcha sin más, pero en lugar de eso me disculpé y le dije que mejor me quedaba hasta que llegásemos, si no tenía inconveniente. Se encogió de hombros con una mueca de disgusto, me quedé con ella un poco más después de que le dieran una cama, y cuando se durmió le leí ochenta páginas de *Vilette*.

Muchas horas después, cuando ya casi amanecía y la enfermera me dijo que se pondría bien y que volviese al mediodía, fui andando a casa y me senté en el apartamento vacío; no tanto afligida como consternada y curiosamente ofendida por tener que enfrentarme a todo eso yo sola, y luego, cuando fui al colegio esa mañana, me reprendieron porque llevaba un día de retraso con el boletín de notas.

Por favor.

Preparé el baño, comprobé la temperatura del agua con el codo y sujeté a Lily contra mi cuerpo con firmeza, sus piernas sobre las mías, piel y carne rolliza de un rosa color salchicha. Le acaricié los resbaladizos pliegues de la nuca. Chapoteamos en la calidez, le lavé el pelo desde atrás —una mata de suaves hebras tan claras que parecían de color rosa pálido— y la espuma blanca de su cabeza me pasó a la nariz. Le di la vuelta para que lo viera: rugió de júbilo y movió las manos con euforia. Le canté canciones marineras haciendo muecas y risas de pirata. Abrí de nuevo el agua caliente y formé una masa de burbujas.

—¡Ah del barco, marineros de agua dulce! —grité a los botes de champú en fila al borde de la bañera.

Lily pataleó y empezó a reír a carcajadas. Se habría puesto un parche de haberlo tenido a mano. Le instalé un loro en el hombro. Era de entusiasmo fácil. Le besé la barbilla. Yo casi deliraba, como si alguien me hubiese echado encima una montaña de nata.

—Una vez a la semana quizá sea demasiado para ellos; una vez cada quince días será lo más fácil para todos. Haremos que funcione, ¡como la seda! Podría ser más fácil, más factible. ¿Una vez al mes? Habrá que verlo. Probarlo. —La plácida sonrisa de Lily me dio confianza—. Todos nos queremos, eso es lo principal. Unas cuantas veces al año. Todos tendrán lo que quieren. Haremos que funcione. Será estupendo. —De pronto Lily entornó los ojos y frunció el ceño como respuesta a mis incesantes divagaciones. Golpeó el agua de la bañera con los puños—. Pueden venir a acostarte un par de días a la semana si quieren, si se pueden organizar. Será maravilloso. No descarto nada. En realidad no hay…, ¿qué te parece?

¡Pidiéndole permiso a un bebé! ¡Menudo par!

4

Las alumnas adolescentes tenían un glamur escurridizo. En ellas todo resultaba favorecedor: la furia, la indignación, cuando estaban malhumoradas o durmiendo en sus pupitres, cuando soltaban anillos de humo en la parada de autobús con suma concentración, cuando comían a toda velocidad yogur de avellana entre clase y clase, cuando envasaban salsa de espagueti carmesí en el laboratorio de Ciencias Domésticas, los mechones de pelo escapados de las coletas colgando en los *tupperware*. Sus granos parecían muy bonitos desde ciertos ángulos, como desafiantes joyas punk o… formaciones geológicas. Me encantaban sus decididos arrebatos de vitalidad, que casi hacían que quemaran si las tocabas. Hasta su despreocupación podía ser estimulante; era como una armadura resplandeciente y yo intentaba ser respetuosa al respecto cuando no me molestaba directamente. (Por ejemplo, si no hacían los deberes y ni siquiera me daban una excusa interesante: eso era muy cansino). Las dolencias de las adolescentes, junto con el remedio para sanarlas, eran una parte reconocida de mi trabajo. A veces las más jóvenes me llamaban mamá y luego soltaban un gritito horrorizado como si nadie lo hubiese hecho antes. (Como yo misma). Pero las cosas que aprendía en el colegio no funcionaban en casa. La única explicación era que las relaciones de sangre operan según otros requisitos. El tipo de cotización no es el mismo. La economía de la afinidad tiene otra estructura celular. En lo que concernía a Eleanor, yo tenía la clase equivocada de paciencia, la clase equivocada de sentimentalismo. La clase equivocada de brazos, piernas, ojos, orejas…

En casa la acumulación de fracasos era exasperante. Yo ni entendía ni creía lo que veía. Jean se daba cuenta de mi sufrimiento.

—No te esfuerces tanto —me advertía—. Louisa no me pudo ni ver durante años. Puse algo de distancia de por medio. No te lo tomes todo tan a pecho. Lleva su tiempo.

Eso me tranquilizó y decidí admirar a Eleanor desde la distancia. No le dejaba que me consumiera con tanta ferocidad y me mostraba amable e impersonal mientras recuperaba las fuerzas. Intentaba que su actitud no me afectase, pero las arremetidas de aversión que surgían de ella, el silencio envenenado, las mentiras y la hostilidad, los robos y las recriminaciones que seguían, como si fuese yo quien había cogido sus cosas, con eso no podía. Ella tendría otra versión, desde luego; pero no me hablaba. El dolor de convivir con alguien que me despreciaba, que me consideraba varios peldaños por debajo de la escala de lo humano. Qué reconfortante. Una especie particular de violencia doméstica.

Empezó pocas semanas después de que cumpliera los trece años. La forma en la que me retiró su amor. Para mí —que había sido padre y madre para ella, cama, silla y mesa—, que nuestras charlas habitualmente sonrientes se transformaran en burla y crueldad era como presenciar una serie de pequeños asesinatos contra mi persona. Me acobardé. No podía ser civilizada conmigo misma. En casa no había ningún hogar. Una noche espantosa me encerré en el baño y me di un puñetazo en la cara. No se me ocurría qué otra cosa podía hacer. Oí un profundo zumbido y me senté en el borde de la bañera acariciándome el pómulo caliente. Me horrorizaba estar en un mundo donde no había nada suave para mí, nada acogedor. Sus terribles intentos de erradicarme. No había nada. Una mañana leí en la prensa algo sobre el trauma, sus causas y tratamiento. La periodista decía que lo realmente nocivo de la agresión que sufrió de adolescente fue saber que no era absolutamente nada a ojos de la otra persona.

Tímida y dulce conmigo a los doce años, cariñosa incluso, empezó a no volver a casa por las noches cuando aún no había cumplido los catorce. «No puedo respirar cuando estoy contigo». Empecé a dar vueltas con mi utilitario entre los noctámbulos y los lentos conductores que iban a la búsqueda de prostitutas. Paraba frente a los pubs que cerraban tarde y los edificios altos y desdeñosos de sus amigos. Me sentía como una niñita victoriana en busca de su padre errante. A veces las madres se compadecían de mí. «¿Qué le pasa a esa mujer?», decían los maridos. Una vez la saqué de la cama de alguien a la calle mientras ella me chillaba y me tiraba del pelo, mi corazón desbocado como si la ladrona fuese yo. Estaba desorientada con ella y sin ella, superada por la situación, famélica, denigrada y hundida, por lo que era extraño que en el colegio me aclamaran como la defensora de las sufridas adolescentes. Llevar una doble vida no es nada fuera de lo normal, pero resultaba algo grotesco ser tan buena para esas cosas, y tan mala a la vez.

Las alumnas venían a verme los jueves a las cuatro —la hora infeliz—, cuando el olor del abrillantador de suelos era más intenso y más acre: creo que la calefacción lo incrementaba hacia el final del día. Podían tener quince años, la angustia marcada en la cara y algo que recordaba a una percha metálica en su actitud, y traer a mi ya abarrotada mesa agudas responsabilidades nerviosas. Podían tener doce años, ser generosamente despreocupadas y de espíritu desenfadado, jersey tejido en casa, cuerpos de nadadora, bronceadas y con la nariz pelada por un fin de semana de juegos infantiles al sol, pero ahora les preocupaba que su mejor amiga no fuese la misma después de las vacaciones: «¿A lo mejor ya no le caigo bien?». O de diecisiete, hombros altos y llorosas después de un examen fallido o algún desastre con un chico (no lo decían, pero lo insinuaban). Yo intentaba organizar mi apoyo para que no resultara indiscreto.

En una ocasión, una niña de onceavo curso me preguntó si podía acompañarla al médico. Apareció en la sala de profesores a la hora de comer moviéndose con tal cuidado y delicadeza que pensé en los dedos de las figuritas de porcelana. Me limpié la crema de champiñones de las comisuras de los labios y la llevé a otra sala; le di mi taza de café que todavía no había probado, aunque rozaba la ilegalidad, y cerré suavemente la puerta con el borde del zapato. Me senté, sonreí, esperé. Me disculpé por el tortuoso ensayo de flauta procedente del aula de música, le prometí que la haría sentir cómoda, que éramos dos adultas. La chica era lista, comedida, fría. Había en su tono una sofisticada precisión que me hizo ver, antes de que empezáramos, que podía decirle algunas cosas que constituirían un error grave. Hizo algo que no me gusta, que es llevar al ámbito personal aspectos de la vida que pertenecen más propiamente a las transacciones comerciales. Pero bueno. En los momentos difíciles la gente tenía que recurrir a las bravatas, aunque eso no fuese de mi gusto. (Jean decía que en *El Paraíso perdido* Dios hablaba a veces en una aburrida jerigonza legal).

—¿Me estás diciendo que mantenga lo que digas en completo secreto? Puedo, siempre que no considere que tú u otras personas corren peligro.

—¿Y cómo lo puede saber?

—Tendrás que confiar en mí, ¿de acuerdo?

Deseé ser Jean con su aplomo, con el firme pilar de sus senos. Yo creía que se trataba evidentemente de un embarazo y así era, ya de diez semanas; demasiado tarde.

Me di cuenta de que no le quedaba ni una uña y, sin embargo, me dijo con orgullo que llevaba todos los estudios al día. Hablamos de las implicaciones durante tres horas seguidas.

—Un encuentro pasajero, señorita —fue lo único que dijo sobre la otra parte; algo impresionante para una chica de dieciséis años.

Cuando vivías una vida que no incluía que te tocasen, esa clase de intimidad era potente.

—Podría tener el bebé —dijo—. Mi madre se encargaría porque eso es lo que hace, así que yo volvería bastante rápido a mi vida normal.

—Cuando me quedé embarazada de mi hija, el padre no era muy…

No le dije nada al padre hasta después de que Eleanor naciera. Lo que más le preocupaba era su intimidad.

—Lo siento, señorita, pero no quiero distraerme.

Al final me dio su palabra de que se lo contaría a su madre. Yo había estado presionando discretamente para que tomara ese camino.

—¡Chapó! —dijo Jean.

(No le revelé el nombre de la chica, ni se lo confirmé cuando ella lo adivinó). Yo habría preparado sándwiches y la habría acompañado a la clínica. De camino habríamos cantado *We shall overcome*. O a lo mejor *Nellie the Elephant*. Después habríamos tomado una ginebra a palo seco. Seguramente yo habría acabado expulsada, o condenada a supervisar el aula de castigo por toda la eternidad. (El aula de castigo disfrutaba de un repentino aumento de popularidad tras el reciente lanzamiento de las «baguettes de castigo»; había de jamón, de queso y de jamón y queso).

Las dos nos reímos y no pude contenerme:

—Habrías sido una abortista clandestina legendaria, Jean.

Jean hizo una reverencia.

A veces acudía a nosotras una chica con dudas existenciales, temerosa de sentir mucho más de lo que podía asumir, de ser demasiado ella misma o de querer demasiado de la vida… o la vida de ella. Y antes de darme cuenta sentía algo parecido, y si hurgaba en el sentimiento como haría con un cardenal de dos días morado y amarillo, las dos nos convertíamos fugazmente en casi gemelas. A veces se colaba cierto sentimiento competitivo del que no me sentía precisamente orgullosa. Envidiaba en ella su sensación de libertad, la forma en que movía los brazos, largos y finos como hojas de lirio, como si tuvieran todo el espacio del mundo. ¿Cómo aprendió a sentirse así? Hasta podía envidiar que tuviera una *tú* que la escuchara. En una conferencia Jean oyó decir a otra profesora: «Solo podemos ser tan felices como nuestro alumno más infeliz».

—Detesto ese tipo de comentarios —me dijo.

Las alumnas estaban obsesionadas con la comida, y Jean y yo solíamos hablar del tema.

—Deberíamos escribir un libro sobre trastornos alimentarios y luego sentarnos a descansar mientras nos llueve el dinero —decía Jean.

—Podríamos… —respondía yo no muy convencida. Sabía que no se consideraba un tema con premio gordo de ventas.

Para algunas de las chicas, la comida era el mayor de los enemigos. Estaban en guerra con la vida y era la batalla que tenían más a mano.

—Si no puedes sentirte en paz con tu propio cuerpo, tus posibilidades de ser feliz contigo misma son prácticamente nulas —le dije a Jean.

Ella era menos comprensiva. En esos sacrificios personales veía autocomplacencia, vanidad, debilidad de carácter.

—No deberían preocuparse tanto por estar delgadas. Es superficial y aburrido. Es denigrante.

Entre las de noveno curso estaba de moda comerse una col cruda entera por la noche. Algunas de las chicas de sexto planeaban un viaje a la India con la esperanza de contraer disentería amebiana. Eso me entristecía.

—No comer es básicamente un peligroso intento de consuelo; una reacción a circunstancias intolerables, una estrategia de defensa que falla estrepitosamente. Es una especie de tiranía.

—Si tú lo dices —dijo Jean no muy convencida.

Hubo un periodo de tres meses en el que Eleanor volvía a casa del colegio, se metía en su cuarto y vomitaba en una bolsa de plástico. Yo la recogía todas las noches, cuando ya se había dormido, y la tiraba fuera, en los cubos de basura. Era una forma horrible de acabar el día. Los seres humanos tienen formas monstruosas de consolarse.

Las cosas no iban muy bien en el momento presente. Las dos últimas visitas de Eleanor solo habían durado media hora. Ignoró el segundo cumpleaños de Lily. Yo lo hacía todo mal. Intentaba no dejarme llevar por extremos en mi conducta, pero era evidente que mi suavidad forzada tenía una gran capacidad ofensiva. Deseé que Eleanor me diese un guion, un conjunto de instrucciones: qué decir qué hacer qué sentir. Tener a Lily en casa podría haber hecho que Eleanor se acercara a mí…, pero no.

A veces pensaba que cuanto más me evitaba y anulaba Eleanor, más la necesitaba. Sufría emboscadas en las que de pronto su ausencia me hería intensamente. Cuando oía baladas en la radio del coche —himnos sobre el lado sórdido del amor, sus injusticias, malentendidos, traiciones, la interminable espera—, me imaginaba que Eleanor nunca pensaba en mí. Abandona a tus hijos y estarán obsesionados contigo toda la vida —leí una vez—, pero ¿qué pasa cuando son ellos los que te abandonan a ti?

Imaginé que la secuestraba y me la llevaba a Escocia —una de mis niñas a cada lado de la cadera, los músculos flexionados, nuestros impermeables húmedos—, a ese último rincón salvaje del Reino Unido que seguro que era hermoso, para pescar lucios y asarlos en una hoguera, escupiendo las espinas. Lil y yo podríamos mantenerla a salvo. A veces me imaginaba esa extensión de naturaleza agreste plagada de adictos y su desesperación desmadejada, de madres rotas de preocupación detrás de cada árbol, de cada muro de helechos. Cascadas de esperanza, cascadas de desesperación. Soñé que un verano la llevaba a Lourdes; la veía levantarse tambaleante y arrojar las muletas, que se astillaban como cerillas en los escalones. Yo recogía unas cuantas astillas y me las guardaba en el bolsillo como recuerdo. Pero seguramente también allí había traficantes.

Le insuflaba mi amor a Lily. Lo que sentíamos la una por la otra era cálido y vehemente. Yo era fuerte, pero también cuidadosa. Le daba amor a cucharadas. La gente no suele hablar de las espesas corrientes de emoción que fluyen entre madres solteras e hijos únicos, el desenfrenado propósito conjunto, el ser lo primero para una y otra, los objetivos compartidos, duplicados, hermanados. El denso embeleso que produce. Había pasado lo mismo con Eleanor cuando era pequeña. No había disolución, todo irradiaba directamente calor y luz. Respiración sincronizada, miembros ensamblados y cálidos. A veces pensaba que a los políticos que arremetían contra las madres y padres solteros por su irresponsabilidad, por su agresión sexual al tejido social, simplemente los consumían los celos de que dos personas pudieran estar tan unidas. ¿Qué sabían ellos?

Me gustaba charlar con Lily en el coche cuando dormía. Miraba por el espejo retrovisor las suaves medias lunas de sus párpados. «La cuestión es que pueden ser unas chicas excepcionales, pero muchas veces lo pasan mal». No era lo que se dice un cuento de antes de acostarse: Se despertó y chilló de repente, un grito agudo y vital que parecía decir con claridad: ¡BASTA!

La saqué del coche, la dejé en la acera con sus zapatos rojos de hebilla y sus leotardos de canalé color crema, abrí la puerta, encendí las luces de la entrada y le besé las mejillas. Ahora ya se sentaba frente a mí en la bañera, tan crecida estaba.

—Oye, veremos si pueden venir el domingo a comer asado. Puedes ayudarme a hacer tartaletas de mermelada. ¿Qué te parece?

Quería que Eleanor y yo fuéramos como unos padres divorciados. Empecé a usar el término «comaternidad». Cuando Eleanor era pequeña, había echado de menos poder hablar con mi propia madre. Criar a un hijo en colaboración tiene que ser asombroso. Mis amigas que aún tenían hombres en sus vidas decían: «Déjalo ya, no sabes de lo que hablas», pero yo no las creía.

Si Eleanor tuviera un trabajo que le consumiera todo el tiempo, yo le habría echado una mano en la medida de mis posibilidades. Habríamos hablado de Lily por las tardes, cuando ella volvía de trabajar: de sus últimas ocurrencias, de su creciente biblioteca de gracias. «¡No te imaginas lo que ha pasado luego!». Yo sonreiría mientras le daba algo de beber o una cebolla para que la picara en una tabla, y Eleanor estaría ansiosa por conocer todos los detalles de las horas de vigilia de Lily, los hechos, las acotaciones e incluso las notas al margen.

Cuando empecé en la universidad, durante varias semanas me pareció increíble que por fin eso estuviera pasando de verdad. Me sentaba en la parte superior del bus de la línea 29 y lo empujaba mentalmente para que avanzara más rápido, «¡Vamos! ¡Vamos!». No veía la hora de llegar a casa y contárselo todo a mi madre. «¡Despacio! ¡Más despacio! —me decía—. Vas a noventa kilómetros por hora. No soporto perderme nada». ¡Éramos tan felices! Y luego, cuando conseguí mi primer trabajo en la escuela y tuve una clase a mi cargo (¡una clase propia!), ella deseaba saberlo todo sobre las niñas: qué querían ser de mayores, cómo se peinaban, adónde les gustaba ir de vacaciones, si es que podían ir a algún sitio.

En cualquier caso, el tipo de existencia que llevaba Eleanor sí era absorbente. La estructura de sus días. Había algo lacerante en los jóvenes cuyo aspecto recordaba intensamente el final de la vida.

Decidí emanciparme de Eleanor. Retirarme de la contienda. Recurrir a todos los medios de distanciamiento posibles. Tenía que injertarme en algo más reparador, aunque solo fuera por las apariencias. Dos personas no podían caer. Tres. Lo correcto era centrarme en Lily. No podía seguir reinventándome. Era difícil saber a qué estaba renunciando exactamente cuando ya no había nada que razonablemente pudiera esperar. ¡Dentro de un par de años Eleanor cumpliría los treinta! Pero yo no perdería de vista su silueta difusa. La mantendría cerca de mí en teoría, como se tiene a un bebé en brazos antes de que nazca o como se recuerda a una persona que acaba de morir y no se sabe muy bien quién consuela a quién, o quién puede ver y quién está ciego. Haría falta prestidigitación para no mirar las cosas de frente y suavizar mis ideas sobre ella, permitiendo que fueran suaves y difusas en sus márgenes hasta que acabaran desvaneciéndose. No podía seguir intentando cuadrar las ecuaciones todo el tiempo. Igualar con mis cuidados lo que ella estaba viviendo.

5

El ambiente de nuestra calle empezó a preocuparme. Vivíamos en el último piso de una casa de dos plantas; más bien, una y media. Eran buenos edificios, de oscuro ladrillo londinense con miradores, bien construidos, con chimeneas y suelos de tarima. Formaban una larga hilera de casas adosadas que habitaban principalmente familias caribeñas, chipriotas e irlandesas —un montón de niñitos vestidos con ropa bonita los domingos por la mañana—, pero estábamos a diez minutos de una gran vía pública conocida por la prostitución que allí se practicaba, y desde hacía unos años la actividad había penetrado en nuestra calle. Antes los viernes y sábados solía haber un par de chicas en las esquinas a partir de las cuatro y media, pero ahora ocurría casi a diario y algunas eran muy jóvenes, impasibles con sus exiguas faldas o sus mallas finas, los labios pálidos, la piel de gallina, las extremidades desnudas. Me intimidaba volver andando a casa. Me costaba controlarme. A veces llevaban unas blusas blancas con cuello abierto que podrían haber sido parte de su uniforme escolar. A menudo los clientes recorrían la calzada despacio y el lento rumor de sus coches amenazaba nuestros pasos: una nube de humo en la garganta, miradas desagradables que se burlaban de nuestro avance cauteloso; esos hombres decían cosas como «Súbete, guapa» si estaban de buen humor, o a veces simplemente «Sube» o «¿Cuánto?», aunque hubiera una tarifa establecida.

Me pasó a mí, le pasó a Eleanor.

—Son unos viejos patéticos, me dan pena.

—A mí no —decía ella.

Por lo general, íbamos y veníamos juntas del colegio y, cuando salía con sus amigas, iba a buscarla a la parada del autobús hasta que fue bastante mayor, trece o catorce años, y dejó de quererme. Portazos, amargas recriminaciones, castigarme con silencios de cuatro días. «Sigue andando —le decía—. No te pares ni nada, acelera un poco el paso y, si te mantienes al margen y no entablas contacto visual, pronto captarán el mensaje. Asegúrate de llevar el pelo recogido y el abrigo abrochado. Súbete el cuello, eso es. La cabeza baja». Cuesta creer que tuviéramos estas conversaciones. Mi madre me hablaba mucho de las precauciones sensatas que había que tomar ante el sexo opuesto, «por ser los hombres como son». Imaginaba una larga cola de hombres amenazantes, con el puño en alto, a los que había que calmar y halagar. Entonces pensaba en los hombres y las mujeres como una mano y un mortero.

Una tarde un coche pasó lentamente a mi lado mientras yo empujaba la sillita de Lily. Sentí en la boca y la nariz la oleada acre del tubo de escape. Lily ya tenía tres años y pico, parecía Paddington con la vieja trenca que Sarah nos había dado, y podía andar un kilómetro y medio sin problemas, pero cuando se cansaba se subía a su sillita para ir más cómoda. Estábamos acordándonos de cuando era un bebé. ¡Qué capacidad tiene una niña de tres años para recordar con nostalgia sus hazañas de juventud!

—Cuando era pequeña decía «gasas» por gracias —me recordó. Abrió los ojos de par en par e hizo un gesto cómico con la boca, como queriendo decir «¿Te imaginas?». Las dos nos echamos a reír.

El coche se detuvo.

—Sube —dijo el conductor. Tenía unos sesenta años, era pálido, calvo y desdeñoso.

Me lo quedé mirando.

—¿Está loco? Estoy llevando a mi nieta a los columpios.

—La puedes sentar delante.

Mi boca se abrió y se cerró con palabras informes, la calle me cegaba y el hombre sonreía. Me tambaleé un poco, con la piel roja de rabia; si no hubiera tenido la sillita para sostenerme, podría haberme caído. Entonces debí de hacer algo realmente feo con la cara, porque de pronto el hombre se puso a chillar. Insultos que no enlazaban.

—Jódete, puta mierda vieja. —Su voz una fría ráfaga, taladrándome.

Me oí disculparme. Tenía miedo.

—No te hagas ilusiones, cariño —me dijo el hombre, y yo me reí nerviosamente y seguí andando a toda velocidad, lo que él debió de interpretar como un nuevo desaire porque subió por la calle, se puso a mi altura y me escupió a través de la ventanilla.

Una gota de su flema blanca me cayó en las medias, justo por encima del tobillo. Volví a casa aturdida, me arranqué las medias y me enjaboné las piernas hasta que se pusieron rojas. Unas nuevas venas azuladas zigzagueaban hasta el interior de mis pies para atormentarme. Mis rodillas parecían adoquinadas, estaban irreconocibles. Acomodé a Lily en mi regazo y nos pasamos toda la tarde viendo antiguos dibujos animados —*Pierre Nodoyuna y Patán, Hong Kong Phooey* el superhéroe canino (siempre me gustó)—, mientras el sol radiante que estábamos desperdiciando se burlaba de nosotras. Sentía punzadas de vergüenza por todo el cuerpo. Los coloristas personajes centelleaban sobre la piel de Lily y bailaban alocadamente en sus ojos. Tuve esa fría sensación que experimentamos cuando nos mentimos a nosotros mismos.

Tres meses después nos mudamos a un piso más pequeño —algo más de la mitad del anterior, una sola cama— en la última planta de una casa en una calle mejor, a casi un kilómetro. Una calle con una pequeña iglesia metodista en un extremo, clases de baile y gimnasia y un pequeño jardín donde los niños jugaban al aire libre después del colegio. Tendría que haberlo hecho mucho antes.

Bajo nuestro nuevo techo me sentía un poco revitalizada, las sombras de la vida se disipaban y una luz fresca y más clara cubría un mundo que llevaba mucho tiempo nublado. Compré un paquete turístico a Mallorca, cinco días en la arena y en nuestro balcón, el aire muy suave, cielos rosados al atardecer, un calor envolvente. El tercer día enseñé a Lily a nadar a braza sosteniéndole el cuerpo por debajo, mientras ella surcaba el mar en semicírculos con sus brazos bronceados. Jugamos a las cartas y al flíper en el bar azul del hotel a última hora de la tarde, escribimos postales a Eleanor, compartimos un refresco de naranja; por la noche dibujábamos en nuestros cuadernos en el pequeño balcón perfumado con aroma a crema solar, a mar, a la cálida piel salada de Lily, a hierba abrasada, a los lápices de cera y a jazmín nocturno. Un mediodía compramos patatas fritas en una cafetería llamada La cocina de mamá y las devoramos de pie, frente al mar color azul pavo real, con el pelo dorado de Lily ondeando al viento cálido, como una sirena. Los colores, el calor y el olor de todo: sabía que nunca los olvidaría. Lily me suplicó una y otra vez que le comprara en el mercadillo un biquini de rizo amarillo limón, y cedí. Me di cuenta de que era la primera cosa que me pedía. Después estaba loca de placer. No se lo podía creer.

La última noche el hotel organizó un concurso de belleza con un desfile en bañador, que fue un aburrimiento, pero después cada una de las aspirantes tuvo que coser un parche en los vaqueros de un hombre mientras este aún los llevaba puestos. Los hombres formaron en fila como en una rueda de reconocimiento, totalmente inmóviles, con falsos ceños fruncidos, fingiendo muecas de dolor mientras las mujeres, ahora con vestidos de noche, se inclinaban contoneándose y cosían en el escenario. Empezaba a oscurecer, pero aún hacía mucho calor. Lily miraba fascinada. Desde nuestros asientos no podíamos ver las agujas ni el hilo, por lo que las mujeres parecían estar celebrando un rito ceremonial simbólico o un culto relacionado con los traseros. Tuve la impresión de que Lily se sentía testigo de algo esencial y eterno sobre cómo iban las cosas entre las mujeres y los hombres. Tenía un trozo de pastel de chocolate glaseado del bufé de la noche anterior y se lo comía a cucharaditas sin mirarlo, tocándose de vez en cuando las comisuras de los labios, completamente absorta, hasta que de pronto se quedó dormida en mis brazos. Me quedé allí, abrazándola, mientras los huéspedes del hotel se volvían cada vez más salvajes y ruidosos, y cuando ella se relajó en mis brazos me sentí como si fuéramos la misma persona.

En los dieciocho meses siguientes reinó un nuevo optimismo. Lily y yo estábamos ganando. Me relajé. Ya no me ardían las mejillas. Ahora esperaba con especial impaciencia las mañanas, las dos con los ojos desorbitados en la mesa de la cocina compitiendo a ver quién podía comer más tostadas. Las alocadas celebraciones que nos daba lo cotidiano, cuando las cascadas de copos de maíz me hacían pensar en hojas de otoño. Los estuches de lápices y los cepillos del pelo se mezclaban fácilmente con los botes de mermelada. Había montones de zapatillas deportivas junto a la puerta. ¡Era tan civilizado! Dejaba a Lily en la escuela infantil de camino al trabajo y la recogía al final del día, a las cuatro y media. La tarde transcurría suavemente y leíamos nuestros libros juntas en el sofá, con un plato de galletas sobre un cojín, hasta las seis, cuando encendíamos el televisor. A las siete cenábamos y yo me ponía a corregir.

Lily fijaba todas nuestras rutinas. El primer viernes de cada mes tocaba compartir un postre de crema, decía: un milhojas con azúcar glas y adornado con plumas marrones, o pastel de fresas con un anillo de crema alrededor de la fruta glaseada, o merengues emparedados con nata azucarada, frágiles dentro de sus faldas de papel plisado. Espaguetis con salsa de tomate los lunes por la noche, por favor. (Le gustaba «cortar pequeñita» la cebolla). Una lata de Fanta los domingos por la tarde, después de gimnasia. Yo decía sí a todo. Tener una niña que no me castigaba mediante la comida... Le gustaban las celebraciones. Todos los sábados por la mañana entraba en el dormitorio con platos de tostadas con mermelada, y sujetándose los bajos del camisón anunciaba: «¡El desayuno está listo, Ru!». Lily tejía redes de esperanza y afecto. Migas y risas en las sábanas desordenadas. Yo no necesitaba nada más. Era como ser Dios o la reina. La sensación de lujo cuando me acostaba a su lado en las frescas sábanas cuidando de no despertarla, la alegría apacible, casi inexpresable. Yo era una jugadora profesional en una buena racha. Me encantaba el simple roce cotidiano con otra persona, la cordialidad, el ritmo tranquilo y ajetreado, el brillo y la alegría de vivir, los retazos de noticias compartidas, las tortitas con pasas (a Lily le encantaban las pasas), nuestras bromas estúpidas.

Pez: ¿Qué hace tu padre?

Otro pez: Nada, ¿y el tuyo?

Pez: También nada.

De todos modos, no hacía falta mucho para hacerme reír cuando ya sonreía de oreja a oreja.

Era muy organizada para ser una persona de cinco años; su fe en nosotras era conmovedora y absoluta. También me organizaba a mí. El distanciamiento de mis venas empezó a descongelarse, la conmoción y el pavor aflojaron por primera vez desde hacía décadas. Desde que tenía su edad, para ser sincera, si eso era algo que ahora me podía permitir.

Poco a poco fui relajándome. Era como si me hubiera recuperado de una enfermedad. Pasó otro año sin culpas ni heridas. La convalecencia y el final de la convalecencia, hasta que llegó el momento en que tener una pequeña llaga en la boca rozando un diente se consideraba un día terrible. Ya no era una vida en la sombra, sino júbilo, alegría libre sin un poso de ansiedad. Esperanza, supongo que era. El cielo parecía inmenso. El mundo parecía prometedor y despejado. Todas las mañanas alisaba las sábanas como si fueran las extremidades de un huésped heroico. Pasaba días seguidos con el coraje intacto, de modo que si alguien era grosero conmigo en una tienda podía responder de forma ingeniosa o desafiante en lugar de casi tirarme por la ventana. Los dolores que había achacado a la edad desaparecieron de mis hombros y de mi malvada rodilla. Tenía subidones de ánimo que duraban semanas. Era lo más cerca que había estado de una luna de miel. En la escuela mis clases mejoraron mucho. Las chicas estaban intrigadas. Señorita, ¿de verdad es usted? Nuestras conversaciones eran cada vez más enriquecedoras y desenfrenadas. «Los mejores poetas afrontan toda su experiencia con toda su inteligencia. ¿Qué pasaría si nosotras hiciéramos lo mismo?». Por la noche podía dormir siete horas seguidas sin esforzarme, sin fracasar. Un día, a la hora de comer, resbalé con un zumo de naranja en el comedor, me caí y me salió una cadena de moratones casi instantáneos en la espinilla, y me reí de mí por primera vez en la vida.

Todavía lloraba a Eleanor, de vez en cuando, por las tardes, sobre todo cuando empezaba a oscurecer y yo estaba hasta arriba de té. Ahora era una voz apagada y discreta cuando durante años había sido ensordecedora; ya no intentaba hacerme daño. Había aceptado cosas de mí. Eleanor sabía que estaba ahí para todo lo que necesitase. Ya no me permitiría torturarme por su ausencia. La había soltado. Dejé de odiar la noche. En su lugar, me envolví en la idea de que NO iba a pasar nada malo, aunque de vez en cuando me despertaba y rezaba para que no se estrellara en un coche.

Esa primavera tomé una copa con Christine, Fran y Sarah.

—Aquí estamos de nuevo —dijo una de nosotras sin mucho entusiasmo, puede que fuera yo.

Era una noche lúgubre con un tiempo atroz —casi malévolo—, pero de pronto recordé que tenía una botella de crème de cassis que un padre agradecido me había regalado por Navidad, así que mezclé un poco con el vino blanco frío que había traído Sarah. Repartí las copas con orgullo: el líquido era de un rosa intenso, como el de esos frascos grandes que solía haber en los escaparates de las farmacias. Christine llevaba medias negras transparentes con lunares. Las elogié y soltó una carcajada aguda. Aquella noche no mencionamos a Eleanor. Solo me di cuenta cuando ya se habían ido. Al despedirse, Sarah murmuró:

—Y las cosas, en general, ¿cómo dirías que…?

Y yo solo le dije:

—Todo va bien.

Me encantaron las locas proporciones de su sonrisa.

Jean y yo empezamos a telefonearnos con regularidad; las dos seguíamos navegando en el viejo y chirriante barco atestado de antiguos libros de texto, virutas festoneadas de lápiz, borradores para la pizarra; un navío rebosante de inteligencia de las adolescentes, tan brutalmente hipersensibles e insensibles como podían ser, con su espantosa ortografía, sus manchas de café y su olor a tabaco, con sus pegotes de corrector de ojeras en las chaquetas de punto y copos de típex seco (e ilegal) nevando de las páginas de sus cuadernos de ejercicios. ¿Éramos sabias capitanas? Probablemente.

Y entonces, una noche, su voz fuerte y dolida al teléfono:

—Alan se ha ido, esta vez para siempre.

Dejé a Lily en casa de su amiga y me fui a ver a Jean con un jarrón de narcisos.

—No es una buena persona, pero es familia, me dijo.

Sacó un rollo de frambuesa de la nevera, lo desenvolvió y lo dividió en seis trozos: las espirales de mermelada roja y nata sintética blanca centellearon como heridas y su correspondiente ungüento. Solo había visto a Alan unas pocas veces y recordaba su aire enérgico e inquieto, como el que podría asociarse a un perro grande y juguetón.

Jean siempre había descubierto sus infidelidades en primavera.

Hacia el final de la velada ensayó algunas ideas conmigo. Con gran vehemencia, como era típico en ella, aunque yo sabía, porque nos conocíamos desde hacía mucho tiempo, que representaban nuevas líneas de investigación. El secreto de la vida, había descubierto Jean, consistía en no dejarse degradar por el maltrato que pudiéramos encontrar. No era fácil, desde luego, pero el truco consistía en pensar «Qué raro»; sentirse desconcertada y molesta, nada impresionada, claro está, y, mejor aún, no sentir ninguna emoción (esa era su frase de la semana): no permitir que te degradara.

—No podemos permitir que el pasado enturbie nuestro presente. Vivir quizá sea un problema artístico, al igual que todo lo demás.

Últimamente Jean se había vuelto muy Grupo Bloomsbury. Había decidido que el comportamiento de Alan era mezquino e interesado:

—Pero no puedo dejar que eso me defina. No lo haré. —Levantó las manos como si alguien estuviera a punto de dispararle—. No soy culpable, Ruth.

Asentí con la cabeza.

Su médico, cómo no, le sugirió un tratamiento con antidepresivos.

—Es algo que me recomienda cada dos años. Pero siempre pienso que mejor no. Además, alguien me dijo hace tiempo que si los tomas el seguro del coche se pone por las nubes, lo que acabó de desanimarme, aunque, como sabes, nunca aprendí a conducir. Supongo que soy más de sentarme con una taza de té, meterme en la cama con un buen libro y hacer de tripas corazón o con razón; tomarme dos copas de vino y un Camembert directamente de la caja con una cuchara cuando vienen mal dadas. No es que me oponga a las pastillas. Solo las veo como un último recurso. Algo así. Buenas para otros, pero no para mí. Como el bridge, quizá. O el tango.

—Me parece bien.

Me reí pensando en corazones, razones y en el Camembert en la cama. A Jean le gustaba que la gente supiera que para ella la Europa continental era muy superior en cuanto a sofisticación, actitudes sobre el sexo en la literatura, filosofía, aperitivos para ver la tele, etcétera. Sus ensaladas siempre llevaban *croutons* y *lardons*.

—Además, sentiría que Alan ha ganado si tuviera que medicarme para aguantar sus putadas. No no no. ¿Y por qué se empuja a las mujeres a planes de superación personal cuando lo que hace falta es un cambio estructural? No me lo trago. ¿Rocía tu tristeza con Chanel n.º 5? ¿Rellena los cojines con tu exceso de vello corporal? Solía pensar así cuando era joven, pero ya no.

Todo es mentira. Y ahora Louisa ha dado su opinión. Podría habérmela ahorrado. Necesito ser más «resiliente», al parecer. «Ya sabes cómo es papá». Así que le dije: creo que la palabra resiliencia está moralmente en bancarrota. Es lo que la gente te pide cuando no tiene intención de tratarte bien. A Louisa no le gustó. ¡Santo cielo! Voy a llevar a su hija menor a ver *Como gustéis* en vacaciones. Puede que tenga que atiborrarla de caramelos para mantenerla despierta. Aunque no importa si se echa una siestecita. ¿De qué estábamos hablando? Ah, sí, antidepresivos.

¿Cómo no iba a querer a Jean?

Ahora Eleanor apenas nos visitaba. Pasamos de cada dos meses a cada tres y luego a de vez en cuando. Espontaneidad planificada. Cuando me sentía atrevida, la llamaba y le decía con voz suave pero no edulcorada (eso la enfurecía): «Nos encantaría verte».

Cocinaba para ella en sus infrecuentes visitas, una comida de domingo a las cuatro para tres personas. Esa era la hora de la cena para los personajes de Jane Austen, aunque no teníamos la misma elegancia en Finsbury Park. Poníamos un mantel a cuadros rojos y blancos y unas flores en un jarrón. Yo buscaba emular el ambiente tranquilo y acogedor de un *bed and breakfast* de la costa, no algo digno de un prestigioso dignatario extranjero. Jean volvió de la National Gallery diciendo:

—Nadie hace manteles a cuadros como Pierre Bonnard.

Les enseñé a Eleanor y Lily la postal que me había comprado. Jean sabía que yo no podía revolotear por Londres con la misma facilidad. Era una buena amiga. Su forma de no hacerme preguntas era de lo más respetuosa.

La extrema satisfacción de conseguir que Eleanor comiese algo cuando aparecía. Hacía tiempo que había perdido el arte de la mecánica de comer, el simple subir y bajar del cuchillo y el tenedor; su cuerpo estaba afilado y vacío, como si no tuviera hospitalidad que ofrecerse. Ahora había más dureza en su cara, pero la insinuación de que las cosas no iban bien hacía que su presencia fuera más conmovedora, si cabe, con su fragilidad nerviosa y sus tensiones. Sus ojos habían recogido información relativa al dolor y la miseria que su boca amplia y carnosa negaba. Te desafiaba a preguntar cualquier cosa, a pensar cualquier cosa, a sentir cualquier cosa. Una especie de amenaza acechaba, suspendida en el aire, para cualquiera que incumpliera sus órdenes. Corrientes discordantes de vulnerabilidad y desprecio. Tal vez solo si eras su madre. Pero de vez en cuando había momentos en los que parecía suplicante. Me daba la impresión de que ahora necesitaba un poco de admiración. Aun así, nunca entendí por qué me llenaba verla comer.

A veces me iba al dormitorio y dejaba a las chicas en la mesa de la sala; me apartaba de la puerta para darles intimidad. En esos momentos parecían hermanas y Eleanor era la que llevaba la voz cantante. Lily era más pequeña en presencia de su madre que en cualquier otra situación. Con las manos colocadas serenamente sobre el regazo bajo la mesa, se mostraba más cuidadosa, demasiado cuidadosa, atenta y quieta. Una tarde les llevé naranjas cortadas en cuartos y les conté historias tontas sobre mis alumnas, las barbaridades que habían escrito en sus simulacros de examen. «Jane Eyre tendría que haberse esforzado en ser más simpática con sus primos en lugar de esconderse con un libro todo el rato, lo cual era muy grosero y pretencioso, francamente».

Eleanor protestó:

—¡No debes contarnos estas cosas!

Le escandalizaba mi indiscreción. En algunas cosas era muy exigente. Me daba la sensación de que había en ella una vena de pureza que solo podía ver impureza en mí. Creo que parte de su poder de intimidación siempre había procedido de su aspecto. La belleza está ligada al respeto y la integridad —la verdad, supongo— a través de la naturaleza, o algo así. Tal vez fuese casi imposible decir que no a alguien con una carga visual tan plena, porque era inevitable sentir que era ese alguien quien debía rechazarte a ti.

Lily se volvía más alta, más lista, más amable, más grande, más fuerte; ese era su trabajo. Nada en ella te hacía pensar ya en la incubadora. Y yo le haría un flaco favor si recordara esas cosas. Pasamos un fin de semana en Brighton. Fuimos en un tren antiguo; el vagón aún tenía compartimentos clásicos con puertas de caoba y portaequipajes superiores de malla elástica. Tuvimos uno solo para nosotras. Lily se quitó los zapatos y se tumbó. Yo hice lo mismo en el banco de enfrente y sentí en las piernas desnudas el seco cosquilleo del tapizado a cuadros. Por la ventanilla de este curioso dormitorio de viaje se veían destellos de casas rojas y suaves extensiones de verdor.

Cuando llegamos a la playa, Lily me cubrió entera con piedras, de manera que solo se me veían los ojos; ¡estaba tan fresca y tranquila allí abajo! Sentí que una niñita se escapaba de mí y se lanzaba al mar. La sequé con mi rebeca y la cubrí con la falda de mi vestido. El cielo se nubló. Le puse la manta de pícnic alrededor de los hombros a modo de chal, y los flecos fueron botando en sus rodillas mientras volvíamos andando a la casa de huéspedes.

—Pareces una pitonisa —le dije.

En el salón de té del Pavilion jugamos al rummy apostando grageas de chocolate y nos comimos nuestras ganancias furtivamente. A la camarera se le había descosido el dobladillo de la falda. Su jefe la regañó al verlo e hicimos muecas a espaldas del hombre para que ella sonriese. Al otro lado de la ventana del B&B, unas increíbles amapolas de color coral zigzagueaban a lo largo de una valla rota.

Charlamos en la cama, antes de dormir.

—Una vez tu madre y yo fuimos de viaje a París. Fue maravilloso. Nos alojamos en el Amelot, famoso por ser el hotel bonito más barato que había. La habitación doble costaba cien francos la noche, pero la camarera nos dijo que si usábamos una sola cama nos salía por ochenta y nueve, y eso hicimos. Estaba al lado del Circo de Invierno, fuimos una noche y nos pareció increíble, los leones marinos aplaudían y unas bailarinas con sombreros de seda roja galopaban de pie sobre caballos. También había una orquesta elevada por encima de la pista con violinistas de verdad y los payasos llevaban zapatos blancos de salón con un poco de tacón. ¡Fuimos tan felices!

Al día siguiente volvimos a la estación bajo una leve llovizna. Me encantaba ver las gotas de lluvia en el pelo de la gente. Seguía descubriendo cosas sobre mí misma, y eso me alegraba. Era demasiado pronto para saber si Lily tendría la belleza de su madre. Sus ojos eran de un azul grisáceo oscuro, profundo y franco, como un mar metálico, brumoso e indefinido.

6

Solo vimos a Eleanor un puñado de veces los tres años que siguieron. Cada vez estaba un poco más reducida. Ya no me miraba desafiante ni tenía arrebatos de furia; había en ella un leve desconcierto y apenas brusquedad. Nos encontrábamos en otra fase. Tenía un aire absolutamente triste. La sensación de un final. Le daba pequeñas cantidades de dinero, aunque ella no me lo pedía. A cambio me dejaba abrazarla, su cuerpo entre mis brazos tan flaco que mis codos casi se tocaban. Después de sus visitas notaba que faltaban algunas cosas. Debería haberme molestado, pero no me importaba: era como si tomara prestado un bote salvavidas. Me gustaba darle una pintura o un dibujo de Lily para que se lo llevara a casa, y ella conseguía reaccionar como si fuera un gran honor, y eso, de alguna manera, significaba más que la desaparición de la cámara o de la radio con despertador.

—Oye, ¿por qué no te quedas aquí un par de días? —le ofrecía en la puerta. Ya era una especie de broma entre nosotras. Ella esbozaba una sonrisa avergonzada. Una vez incluso dijo: «¡Ay, mamá!», como si yo hubiera salido de casa sin pantalones o hubiese hecho trampas en una partida de serpientes y escaleras, y respondí con la sonrisa de la derrota. Después me di cuenta de que se había llevado todas las tiritas del botiquín, lo cual me pareció un poco cruel considerando las rodillas llenas de rasguños y los cortes que se hacía su propia hija con el papel, pero me limité a comprar más. Probablemente las hijas tienen derecho inalienable a nuestros suministros médicos de por vida. No sabía qué pensarían los demás. No me importaba.

La última vez que estuvo aquí, en primavera, nos sentamos fuera en la escalera con latas heladas de Fanta que yo había comprado para su visita y unas soleadas cerezas en un plato verde pálido, a nuestros pies. Lily había sacado sus lápices y estaba dibujando las casas de enfrente. Había mucha paz: el único ruido era el roce de su suave lápiz B, nuestra respiración y el canto de los pájaros. Eleanor llevaba un rato callada y yo creía que dormía, pero entonces se espabiló y empezó a mirar atentamente el dibujo.

—¡Cómo has dibujado los ladrillos! —dijo con la voz fina y ronca de alguien que acaba de despertar, pero sin perder la amabilidad y con un extraño brillo de emoción en los ojos—. No los has dibujado todos, solo los suficientes para decirnos que todo está hecho de ladrillo. ¡Eres genial!

Lily sonrió y se encogió de hombros. Me asombró que alguien apenas funcional fuera capaz de esa generosidad. En cierto modo era heroico y romántico, sí. Aún quedaba algo de ella. Me sentí orgullosa y esperé que le hiciera bien verlo en mis ojos. Que la animara, aunque tenía mala pinta; sus dientes estaban mal, sus ojos estaban mal: tensos, como de pájaro, como de bruja. Sabía que dentro de poco no podría mantener ningún aspecto de su persona.

Mientras estábamos allí sentadas, intenté pensar qué necesitaba Eleanor de nosotras. Era difícil saber qué dar a alguien que solo quería lo que la mutilaba. Pero ella comió con nosotras, ese mediodía comió de verdad por primera vez. De forma voraz, concentrada. Sobre todo dulces. Me pregunté si solo comería cuando nos visitaba. Tres comidas al año. Esa misma tarde las chicas pintaron un caballo precioso, Lily la mitad delantera y Eleanor la trasera, como en una pantomima. Nos reímos mucho con las patas abiertas del caballo. Me dejaron dibujar la cola. Si los dientes de Eleanor estaban mal, sus brazos estaban muy mal —parecían enfurecidos—, pero ella no se mostraba enfadada conmigo. Eso suponía una gran diferencia. Podíamos ser indulgentes la una con la otra si había algo de afinidad. Me sorprendió mirándola a la cara y sonriendo como una bobalicona porque me alegraba tenerla cerca y no podía disimularlo, y ella levantó la vista y también sonrió.

—¿Podrías soportar ir al dentista? —le pregunté—. Si pido cita. Solo para comprobar que todo está…, no tardará ni media hora.

Ella negó con la cabeza, bajó los ojos.

—Pero gracias.

Podía oír a las personas sensatas riéndose en mi cara, pero por fin había una cercanía y una confianza verdaderas. Más tarde, por la noche, se quedó dormida en el sofá, la tapé con una manta y Lily se durmió a su lado, lo que me recordó a nuestra forma de dormir cuando se tiene a un recién nacido, el éxtasis cuando por fin cae rendido y nos sentimos tan felices que casi lo despertamos para celebrarlo. Me tumbé junto a Lily en el sofá y sin darme cuenta acabamos las tres durmiendo en fila —por primera vez— mientras pensaba en la expresión «monstruo de tres cabezas». Cuando me desperté, Eleanor se había ido. Le había dejado algunos billetes en la mesa por si acaso, pero no mucho. No sabía qué vida llevaba ahora; si dormía en el piso todo el día o recorría la ciudad abordando a extraños, pidiendo dinero, gorreando una comida aquí y allá. Si la mantenía un hombre mayor. Así es como creo que a menudo arreglaba las cosas. Nunca había valorado su cuerpo. Castigo tras castigo. El valor que tenía para otros lo hacía aún más inútil para ella, probablemente. No sabía cómo introducir un resquicio de esperanza en cualquiera de esas frases.

Recordé las palabras de la empleada de un laboratorio que probaba productos de belleza en animales: «La forma de afrontarlo es desvincularse del animal. No dejar que te afecte. Levantar esa barrera». Eso era lo que hacía Eleanor. Se lo hacía a sí misma.

Su piso estaba a mi nombre o habría desaparecido hace tiempo. Lo compré con el dinero que me dio su padre cuando Eleanor era un bebé, y lo había alquilado hasta que necesitó un sitio donde vivir. Ese tipo de cosas, la manutención o pensión alimenticia, eran habituales ahora, pero entonces apenas se oía hablar de ellas. Todo había parecido muy prometedor: el dinero y el precioso cuadro de Sickert, que había pertenecido a la abuela paterna. Pero fue algo horrible cómo me lo dio él, cómo me miraba. Tardé un momento en asimilarlo. Tuve que firmar algo. Ah. La propiedad inmobiliaria no era tan cara entonces. A principios de los setenta podías comprar un pisito en Londres por unos pocos miles de libras. Por lo que decía Eleanor, deduje que ahora estaba lleno de gente, gente que subía y bajaba la escalera a cuentagotas durante toda la noche. Una vez hasta hizo que sonara divertido. Casi como una comedia televisiva. ¿Y qué sabía yo?

Hacía mucho que no veíamos a Ben. Nunca había estado aquí; solo había acompañado a Eleanor al viejo piso unas cuantas veces cuando Lily era pequeña, pero después, por una serie de razones, vino ella sola y luego hasta Eleanor dejó de visitarnos…, no sé qué pasó. Pensaba que Ben se portaría mejor, porque tenía cierto tacto o diplomacia juvenil y era inteligente.

—No le gustaba ver a todas esas prostitutas, mamá.

—Ah.

Cuando Lily tenía seis años y medio, la madre de Ben telefoneó y se anunció con su nombre completo: Barbara Collins King. Me habló con grandilocuencia, como si estuviera dirigiéndose a una palurda desde una gran altura. Mi chimenea de gas estaba estropeada —iban a venir a repararla la semana siguiente— y de fondo se oían chisporroteos, toses y pedorretas; deseé que creyera que era yo. Intenté concentrarme.

—Ben está en tratamiento, resultado de un proceso judicial. Fraude con cheques, nada grave —me aseguró. El juez le había dado a elegir entre la cárcel o un centro de rehabilitación pagado por las autoridades locales y, sorprendentemente, Ben había elegido el tratamiento.

—Eso es maravilloso. —Yo estaba pensando en Lily, por supuesto—. Si puedo hacer algo para ayudar, dímelo. —Estaba celosa, por supuesto, pero traté de ocultarlo.

—Eleanor no debe ponerse en contacto con él. No debe telefonear, ni visitarlo, ni escribirle. Para que esto funcione, Ben tiene que llevar una nueva vida. Cambiar por completo su círculo de amistades. ¿Entiende? —Emitió sus decretos con un desdén brutal.

—Entiendo.

—Cuando salga, irá a un centro de reinserción social durante seis meses y después vendrá a casa. —Vivía cerca de Lewes, creo. Eleanor me había dicho que había zarcillos de hiedra por toda la fachada del edificio, como si intentara asfixiar a sus habitantes—. ¿Entiende lo que le estoy diciendo? ¿Puede darme su palabra de que Eleanor se mantendrá alejada de él?

Su tono de superioridad despertó mi dignidad herida. Intentaba imaginarme cómo habría respondido Jean. Le habría soltado una ristra de tacos.

—Gracias por sus claras instrucciones —dije con tono seco—. Le deseo lo mejor a Ben.

Claro que se lo deseaba. Incluso le deseaba lo mejor a ella pese a estar irritada. Sin embargo, esa mujer jamás había mostrado el menor interés por Lily, algo que me resultaba del todo incomprensible. Una vez leí que, a veces, cuando la gente se comporta muy mal, puede deberse a que arrastra demasiada tristeza por una situación determinada. Quizá Lily la hacía sentir tan mal que consideraba que lo mejor que podía hacer por ella era fingir que no existía. Lo más amable que podía hacer, si solo era capaz de una bondad incorpórea. O eso, o no creía que Lily fuera hija de Ben.

Llamé a Eleanor, que —algo nada habitual— contestó. Le conté lo que Barbara Collins King me había dicho.

—Hace tiempo que no lo veo —murmuró—. Le deseo buena suerte.

—¿No es un poco triste que no estéis en contacto?

—No me importa —dijo ella—. Lo único que Ben quería era dormir.

—Eso es… Bueno, pues nada. Me gustaría verte pronto. ¿Podrás hacer un hueco en forma de mamá un día de estos?

Había colgado.

Hice averiguaciones sobre el lugar de tratamiento de Ben; era un centro muy conocido en Wiltshire, una gran mansión estilo Arts and Crafts de grado II con veinte ventanas en la fachada. Elegante, podría decirse. Llamé para que me enviaran folletos que ya tenía por algún cajón. Fue un acto masoquista, supongo. El folleto mostraba un jardín con enormes malvarrosas de color caramelo y un pabellón pintado de gris azulado. Costaba 346 libras la noche para los particulares, más que mi sueldo semanal neto. Hablé con una persona encargada de las admisiones fuera de horario.

—Intento hacerme una idea de lo que puede esperar mi amiga si acude a ustedes —dije con voz vacilante, cautelosa, desolada: esa fantasía empezaba a herir mis propios sentimientos.

El suspiro exasperado del hombre no fue alentador.

—Bueno, en su primera noche siempre les digo: oídme bien, dentro de un año un tercio de vosotros estará limpio, un tercio habrá recaído y un tercio estará muerto. —Soltó una carcajada hueca y se detuvo bruscamente.

Colgué el teléfono. «Oídme bien», menudo charlatán.

Cuatro o cinco meses después Lily y yo estábamos en el piso superior de un autobús, en la parte de atrás; volvíamos a casa después de visitar el Museo Británico. Era finales de invierno, el cielo estaba nítido y la luz caía formando barras en los asientos de terciopelo a cuadros, como invitándonos a jugar una partida con fichas y dados. En Holborn algunas ramas desnudas asomaron de pronto por las ventanillas, arrastrándose y crujiendo ruidosamente mientras el autobús avanzaba a toda velocidad. Chillamos de risa y Lily se tapó los ojos. En Gray's Inn Road subió un hombre que estoy prácticamente segura de que era Ben; se sentó tres filas delante de nosotras con un gran perro blanco y negro, de orejas planas y desgreñado, que se tumbó en el pasillo entre los asientos. Lo acompañaba otro hombre con mal aspecto, mucho peor que el suyo; tenía una intensidad demente en los ojos, una cicatriz escalonada en la mejilla y hablaba desaforadamente. Me dio la impresión de que la mitad de los pasajeros estaban escuchando.

—Entonces el viejo la estaba palmando de cáncer y le dio a ese otro veinte libras para que pillara Kentucky Fried Chicken para todos, pero el tipo se largó con la pasta. La comida iba a ser tanto para él como para el resto, pero él decidió quedársela toda y luego fardó por la noche en el pub y yo pensé: NO. No me cae bien el que la está palmando, pero no aguanto estas cosas, tienes que poner en su sitio a ese cabrón. Fui a por él. Le di unas hostias, la mochila voló por los aires y también le metí unas cuantas patadas. ¿El tipo se mete cien pastillas de tramadol a la semana y me llama drogata a mí? No. Yo soy un tío majo. No soy un broncas. Pero a veces hay que defender a la peña.

Lily me estaba leyendo mi libro favorito: *Pan y mermelada para Francisca*. Francisca era la osita que solo quería comer pan con mermelada. Su amigo de la escuela Albert solía llevar almuerzos de lo más sofisticado, la madre siempre le metía en la fiambrera aceitunas negras y un pequeño salero de cartón para sus palitos de apio. Al llegar a este punto de la historia yo estrujaba el billete del autobús y ella lo desenvolvía y fingíamos echarnos sal por todas partes. Lily reía a carcajadas. Cuando nos acercábamos al final del libro, vi que Ben se rascaba la cabeza con fuerza, lo que le dejó ronchas rojas en la nuca y una nevada de copos blancos en el cuello de la camisa. Siempre había tenido problemas con la piel. La parte superior de su cuerpo estaba encogida y se le marcaban las costillas a través de la ropa. Había empeorado desde la última vez que nos habíamos visto, cuando se mostraba algo fastuoso en sus modales, como dando a entender que se iba a comer su pequeño mundo. Entonces aún tenía algo, algo de estilo, vestigios de su buen carácter, unos últimos coletazos de arrogancia.

Aparecieron recuerdos difíciles, huellas de mi infancia. El día que mi padre se fue. Mi madre tenía veinticinco años y yo ¿cuántos, seis? Iba un momento a la tienda, dijo, demasiado vestido para el tiempo que hacía, un gran abrigo, sombrero incluso; pasaron las horas y ella supo que se había marchado. «Volverá cuando tenga hambre, claro que sí», pensé, y me puse a hacer preparativos en mi paisaje infantil: corté la corteza del pan para el sándwich, saqué un vaso para la cerveza, coloqué unas rodajas de manzana en un platillo y observé cómo se volvían pardas mientras mi madre se quedaba sentada e inmóvil en una silla de la cocina, la mirada fija en la realidad. Al cabo de un rato se levantó, empezó a quitar el polvo en la penumbra con una expresión de perpleja concentración. Después de aquello cuidé de ella; éramos como una pequeña pareja y por las mañanas le llevaba el té a la cama, flojo y con leche, como a ella le gustaba. Era una persona encantadora, pero ya de niña vi que era joven para su edad. Oí que él tenía otra mujer a cinco kilómetros de nosotras y que quizá hubiese también un hijo de más o menos mi edad. A saber si el rumor era cierto. Luego también dejó a esa otra familia por otra nueva, decía la gente. Yo no sabía qué pensar. O quizá la mujer ya tenía hijos propios. Puede que hubiera otra más. En cualquier caso, sabía que estaba absorto en su vida privada. Luego me enteré de que trabajaba en un estudio fotográfico como conserje, que llevaba una cuerda de oro sobre los hombros, saludaba a los clientes a medida que llegaban y los conducía a las sillas doradas de la sala de espera, donde había espejos y peines para que pudieran arreglarse para los retratos. Abrigos de piel, collares, uniformes militares. Grupos familiares.

Una vez sorprendí a mi madre llorando a mares junto al fregadero de la cocina, y cuando le pregunté qué le pasaba me dijo que lloraba de felicidad. No es que fuese algo poco habitual, pero aun así necesité mucho ingenio en mi infancia. «Él era muy inquieto —fue todo lo que me dijo, buscando palabras que no podía encontrar—. Vio cosas horribles cuando era niño».

«¿Qué cosas?». Negó con la cabeza. Tenía el tipo de feminidad que imposibilitaba los sentimientos desagradables.

Una noche, no mucho después, una vecina vino a buscarme a casa de mi amiga y me dijo que me quedara en la suya. Mi madre había bebido desinfectante en los lavabos de la estación de Whitechapel. Un guardia había oído el ruido de la botella al romperse contra las baldosas del suelo y la encontró doblada, vestida con abrigo y falda. Por suerte, el Royal London estaba cerca y se recuperó al cabo de unos días. En cierto modo, se volvió más fuerte que antes. «Un hombre se cansa de una mujer que lo sacrifica todo por él», me dijo espolvoreando un poco de azúcar glas sobre una rebanada de pan con mantequilla.

Intenté llamar a algunos estudios de fotografía desde la cabina del Ayuntamiento. Tenía una lista de la guía telefónica y los fui tachando uno a uno. No quería nada de él: solo lo hice para oír su voz, contarle nuestras novedades, pero no se dejaba localizar.

Yo evocaba y me mostraba estas escenas, como si fuera una especie de exhibicionista.

Lily se revolvió incómoda en mis rodillas. Intenté neutralizarme. Quería contarle algo heroico sobre su padre: ¿le había dicho que ganó todos los premios de Física y Matemáticas de su colegio y que todo el mundo decía que debería ser cirujano? No podía soportar la idea de que pensara que su padre era débil. A veces deslizaba alguna cosita sobre Eleanor, hablaba bien de lo gran lectora que era, de que cuando tenía un libro entre las manos no lo apoyaba en una mesa ni en una silla ni en su cuerpo, sino que lo sostenía erguido delante de los ojos como si lo estuviera interrogando o fuese una cita para cenar. Como la típica imagen de alguien leyendo.

En ese momento Ben se levantó con su amigo y el perro, recogió todas sus cosas y se dio la vuelta. Sentí que a Lily se le tensaban los músculos de las piernas y la parte baja de la espalda. Sentí que su concentración se agudizaba. Me di cuenta de que estaba a punto de llamarlo. Fue un momento eléctrico. ¿Cómo podía saberlo? ¿Era su olor? Ella levantó el brazo y saludó tan tranquila, y Ben sonrió y le devolvió un saludo amable, sin reconocerla ni a ella ni a mí, no creo, pero su gesto demostró que ser simpático con una pequeña desconocida formaba parte de su naturaleza. Bajó la escalera con su amigo tambaleándose detrás. Besé a Lily en la cabeza. Se había quedado muy quieta y esa quietud me asustó, pero entonces levantó las palmas de las manos hacia el techo del autobús como si la abuela fuese ella, apretó los labios como un pececillo y luego dijo «¡OH OH OH!» y se echó a reír. Me sentí tan aliviada que me reí a carcajadas.

«Una vez vimos a tu padre en el autobús cuando volvíamos del Museo Británico. Estaba totalmente ido. Hacía tiempo que no lo veíamos y no nos reconoció. Pero había algo en él que te inspiró ternura y cuando se levantó para apearse lo saludaste sin más. ¿Y sabes qué? Él sonrió y te devolvió el saludo». No era una historia que se le pudiera leer a nadie.

«Tu madre y tu padre tenían una enfermedad que les impedía cuidar de ti, así que yo me hice cargo, lo cual no solo fue un privilegio, sino un gran placer». Eso estaba mejor. Un poco mejor.

«Cuando eras un bebé, te secuestré. No pude evitarlo. Eras irresistible. ¡Había estado tan sola! Las noches se me hacía interminables». Calla, me dije. Persona ridícula.

Nos estábamos tomando muy en serio el séptimo cumpleaños de Lily. Como en connivencia con nosotras, la primavera se adelantó audazmente. Al otro lado de la ventana de nuestra cocina se mecía, morado y blanco, un magnolio ceroso con flores en forma de copa.

—Ese cielo es tan azul que parece ridículo —dijo Lily.

En el pasado las grandes extensiones de espumosos cerezos en flor me habían resultado irritantes, pero algo debía de haber cambiado porque este año parecían adornos de cumpleaños. Lily había invitado a unos amigos. Jean y yo trasladamos muebles al dormitorio para dejar más espacio. Se había puesto un mono azul brillante para trabajar, al estilo Pickford.

—¡Y arriba! —decía teatralmente de vez en cuando, envuelta en sudor y nubes de polvo.

Le compré a Lily el regalo que le haría Eleanor, un libro de cuentos populares chinos ilustrado con preciosas acuarelas. Me imaginé a Eleanor rondando junto a las gelatinas, sosteniendo al trasluz las tarjetas sin abrir de Lily para comprobar si contenían dinero. «Lo siento —le dije para mis adentros—. Qué mala soy». Jean le regaló una lata roja y larga estampada con montañas suizas llena de lápices de colores —cuarenta y ocho nada menos— y acuarelas. Un detalle por su parte, sobre todo porque hacía poco había confesado que a sus nietos, los dos mayores de Louisa, solo les interesaban cosas espantosas como remar y tocar el trombón. Sin embargo, la pequeña prometía.

Lily se despertó a las cinco menos diez del gran día, efervescente y expectante, gritando «Feliz cumpleaños, feliz cumpleaños», besando el apretado nudo de mi hombro, pataleando encantada con sus rosadas piernas y el pijama agitándose salvajemente, hasta que las mantas se desparramaron por el suelo. Era más un final que un inicio. Volví a hacer la cama, le conté una historia tonta sobre un par de ratones detectives y dormitamos juntas otra hora, con su aliento disolviéndose a mi lado y sus rizos enroscados en la almohada como joyas. Se reía un poco en sueños, el calor que desprendía era concentrado y suntuoso. Sabía que pronto necesitaría su propia cama, pero todavía no habíamos llegado a ese punto. Aún no.

Para desayunar le había prometido un bollo relleno de salchicha con una vela de cumpleaños y un huevo frito con puntilla, y cuando se despertó por segunda vez me até un delantal a rayas sobre el camisón y me puse a freír enseguida. La sartén humeaba y chisporroteaba, y abrí la ventana para que entrara el día. Hacía una mañana resplandeciente, la luz de la calle era nítida y plateada. El violín (tamaño cuarto) que le había comprado gracias a un pequeño anuncio del periódico local (19,99 libras) estaba envuelto en papel amarillo sobre la mesa.

Hacía tanto sol que nos llevamos el desayuno al portal y nos lo comimos sentadas en cojines en el escalón de la entrada, viendo pasar el mundo a la manera de las viudas griegas. El día anterior Christine había traído una compleja cometa acrobática con forma de dragón y la desplegamos, aunque no pudimos entenderla. Sarah le había encontrado un vestido antiguo, con estampado de espiguilla azul y blanco, cuello en pico, mangas abullonadas, seda auténtica, de los años treinta; se lo había acortado y estrechado, había añadido un volante en el dobladillo y después de desayunar Lily se lo puso y yo se lo abroché, le hice un lazo con el fajín y le ahuequé los fruncidos de las mangas. Desfiló por el piso sujetando la falda con la mano derecha, la otra en la cadera y envuelta en el frufrú de la seda, la punta de los pies como si buscara un claro en un bosque encantado. De pronto era una versión Disney de mi madre.

—Nunca me lo quitaré —susurró, con voz de cinta azul.

Me acordé de cuando me sentaba junto a mi madre, de la calidez reconfortante y animal que sentía al estar a su lado con los muslos rozándose, de manera que no se podía distinguir de quién era cada pierna. Dos personas con un solo pulso. Le gustaba coser por las tardes y a veces me pedía que le enhebrara las agujas o que fuera a buscar lana para bordar o alfileres al armario de arriba, y yo siempre corría tan rápido como podía. Aprendió sola a hacer fruncidos con un manual victoriano, y también costuras francesas y remiendos invisibles. Era muy propio de ella que una de las cosas que mejor hacía fuese un éxito si, por su propia definición, no se veía. Una vez la vi limpiar sangre de un vestido de novia cuando a esta (la hija de una vecina) le sangró de pronto la nariz. «En una ocasión tan bonita», había susurrado frotando el reluciente corpiño de satén con el pañuelo, tranquilizando a la chica ante el acto criminal de su cuerpo. Hacía cuarenta años que no pensaba en eso.

Le hice un carrete de fotos mientras Lily ponía caras tontas bajo el brillante sol de su cumpleaños, felices las dos. Entonces sonó el teléfono; era temprano para un sábado. ¡Eleanor se había acordado! Estaba impresionada, pero… Eleanor hablaba con voz distorsionada, sus palabras entrecortadas, incoherentes.

—No entiendo lo que dices.

Me dio la dirección de una comisaría que estaba a kilómetro y medio. Había estado esperando este momento; no la comparecencia en comisaría, porque quién espera eso, sino el momento en que hubiese un brutal conflicto de intereses entre mis chicas.

—¿Le ha pasado algo malo a Eleanor? —Lily estaba a mi lado.

—No, cariño.

No pensaba llevarme a Lily a comisaria vestida de cumpleaños. No iba a darle ese tipo de vida. Como no sabía qué hacer, llamé a Jean. Por favor, que no se enfade.

—Todo se ha vuelto un poco precario.

—¿Ah, sí?

—Han arrestado a Eleanor y quiere que vaya a comisaría.

—Y tienes la fiesta a las once. ¡Joder! Dame un minuto para pensarlo.

—¿Un minuto? No tengo tanto tiempo.

—Ya sé, ve a comisaría y yo me encargaré de la fiesta en tu casa. Espera, se me ocurre algo mejor. Tú te quedas con Lily y yo voy con Eleanor. A ver qué dicen, qué se tiene que hacer.

—¿De veras? ¿Estás segura?

Pensé que iba a hacer algo imperdonable, como llorar. Jean odiaba que la gente llorase. Lo odiaba más que nada en el mundo. Solté una risa sombría.

Más tarde, mientras tenía la cabeza en la nevera intentando que la gelatina de mandarina cuajara en sus envoltorios de papel encerado, Jean llamó. Me temí una reprimenda, pero no.

—Buenas noticias. La han soltado.

—¿Ah, sí? ¿Cómo está?

—Cuando he llegado ya la habían soltado. Supongo que los habrá convencido.

—¿Y qué te han dicho? ¿Qué ha hecho Eleanor?

—No me han dado muchos detalles. Pero han sido muy agradables. Educados.

—Ah. Vale. Bien.

—Mañana te lo cuento todo, ¿te parece? —dijo Jean—. Seguro que ahora estás muy ocupada. Todo está bastante claro.

Al día siguiente, cuando la fiesta estaba en bolsas de basura, volví a llamarla.

—Jean, dime la verdad.

A Eleanor le cayeron seis meses y estuvo algo menos de cuatro en la cárcel. Fui a verla dos veces y me pidió que no volviera. La situación allí estaba mal pero me cerré, entré en una especie de piloto automático. Mi madre me contó que su madre le decía que las criadas victorianas a veces se levantaban a las siete y descubrían que ya habían limpiado las chimeneas y habían encendido los fuegos a las cinco menos diez. Quizá yo fuese así. Evité a la gente. No podía hablarlo. Iba tirando siempre que nadie me preguntara cómo estaba. Las tres personas en la escuela que lo sabían iban con sumo cuidado. El señor Machin —Geografía— me hacía café todas las mañanas en una taza y un platito con adornos de rosas. No había reglas para algo así. Jean estaba más apacible conmigo, más controlada, solemne, como un pequeño y sabio buda de pelo color platino. Tenía que dejar pasar el tiempo, ese era mi objetivo y nada más, decía, aparte de mantener la calma.

Por la noche no podía dormir. Evitaba la cama donde Lily estaba acurrucada. No quería que participase de las cosas que me pasaban por la cabeza. Me sentía contagiosa. Dormitaba en la butaca, envuelta en una manta y en mi propio pánico, y despertaba con el agudo sonido del teléfono del vestíbulo; corría hacia él, pero nunca había nadie en el otro extremo de la línea.

Yo sabía que algunas personas consideraban que desintoxicarse en la cárcel era una violación de los derechos humanos, pero también sabía que era una oportunidad para nosotras. Eleanor estaría muy asustada. No era fuerte ni en circunstancias favorables. Yo llamaba de vez en cuando aunque sabía que no estaba permitido, suplicaba que me dejasen hablar con el personal médico solo para ver cómo estaba. La agradable recepcionista acabó por hartarse.

—Esto no es un internado, querida.

—¿Cómo se sentiría en mi lugar?

Jean nos invitaba a su casa todos los domingos, aunque no siempre estábamos de humor. Tenía la calefacción tan alta que me tensaba la piel alrededor de los ojos. Jean intentaba adoptar en nuestra presencia unas maneras suaves y discretas, coincidía con todo lo que yo decía y siempre había un flujo constante de bebidas calientes y galletas, dulces, rotuladores, cacao para los labios. Tenía esas bandejas que venden en los grandes almacenes acolchadas por la parte inferior. Nos sentaba delante de películas alegres con canciones y bailes, pasos de claqué como ametralladoras y un asombroso surtido de aperitivos en el regazo.

—Solo son unas chucherías —decía.

Yo me sentía como si estuviera en un asilo dentro de un avión. A Lily le encantaba. A veces Jean nos leía: Babar y los cuentos de Chéjov se fundían en uno. Soñaba que arrastraba mi colchón hasta la cárcel, alisaba las sábanas. Montaba un campamento fuera, encendía una pequeña hoguera. Solo quería estar donde ella estaba. Eleanor era lo único totalmente mío que yo había tenido. A veces me iba andando hasta allí; eran solo quince minutos desde casa. Me acercaba tanto como podía y me quedaba mirando el ladrillo rojo y las rendijas que hacían de ventanas en comunión con ella, imaginándome su día a día. Alegre en ocasiones, en la bulliciosa cocina con mesas de acero inoxidable, blandiendo un cucharón o limpiando las superficies grasientas con un teatral movimiento del trapo, el pelo recogido atrás. O acostada en su estrecha litera superior, con la mirada fija en una serie de la tele; o la veía atormentada, temblando por la enfermedad y las náuseas, sus piernas huesudas como las de un pájaro, con sudores nocturnos, brutales dolores de cabeza y retortijones, el pelo extendido sobre la almohada como serpientes, y yo seguía apoyándola con todas mis fuerzas, como si fuera una especie de animadora enloquecida.

En la segunda visita me sostuvo la mano. Había engordado un poco, tenía un poco de mejilla. La luz del sol pasó por nuestra mesa y por el suelo de la sala de visitas. Podría quedarme así sentada el resto de mi vida, pensé. No había mucho que decir. Era evidente cómo afectaba su belleza a todos, cómo la respetaban. Y también me respetaban a mí porque me relacionaban con ella. Me sentí orgullosa. Llevé una baraja de cartas, pero no pasó el control de seguridad. Deseé poder abrazarla de verdad. Al cabo de un rato, temiendo crear un ambiente demasiado cargado de silencio, empecé a hablar de tonterías: que el hombre de la tienda de la esquina intentaba dejarse la barba y no había manera; que de pronto arrasaba en la escuela la moda de unos lápices de colores pastel que olían a cócteles: piña colada, daiquiri de fresa; mi incertidumbre respecto a la nueva chaqueta de borrego de Jean. «¿A que parezco un vendedor de coches de segunda mano?», preguntaba ella alegremente. Jean tenía una nueva amiga de la que hablaba continuamente y yo no sabía qué pensar. Caroline algo, con un apellido compuesto. Descendiente lejana de los Sackville-West. «Ha despertado en mí ciertas ansias creativas», me dijo Jean, significara lo que significara eso, y se lo conté a Eleanor.

—Vaya, según parece siente que pronto caerá un libro. —Y entonces nos reímos juntas.

Le conté algunas cosas de Lily. Le dije que hacía poco había organizado una merienda preciosa para ver la tele, como si estuviera montando un bodegón: las rodajas de pera dispuestas en abanico sobre un plato verde glaseado, dos triángulos isósceles de queso, los dados de pepino, el racimo de uvas negras. Le conté que le gustaba guardar la ropa limpia, que doblaba sus pantalones azules y rosa en ordenados tercios, las perneras adentro, las cintas siempre centradas y delante, mientras apilaba los rectángulos en posición vertical en su cómoda. Nunca había oído hablar de una niña que hiciera eso. Intenté comunicarle algunos de sus detalles cotidianos, de su encantadora forma de hacer las cosas, con un tono ligero y bobo, hasta que me di cuenta de que la había hecho llorar. Quizá era yo quien lloraba, a saber.

—Lo estás haciendo muy bien, cariño —le dije, y ella levantó la vista y sonrió con fuerza. Podía sentir su calor en mis ojos.

—Solía ir a la lavandería por ti los domingos por la tarde cuando era pequeña, ¿verdad?

—¡Sí! ¡Sí, eso hacías! Casi todas las semanas. Me salvó la vida. Estaba muy agradecida.

—Se acabó el tiempo —nos gritó el huraño guardia.

Eleanor me soltó la mano bruscamente.

—Ya nos volveremos a ver cuando esté fuera, mamá. ¿Sí?

Asentí rápidamente.

¿Por qué el guardia había tenido que gritar?

Lily y yo empezamos a dar largos paseos. No soportaba sentarme a esperar en el apartamento. Nos adentrábamos en el West End para contemplar su esplendor de piedra pálida mientras compartíamos un sorbete de limón en Piccadilly con lo que nos habíamos ahorrado por no ir en autobús, o intentábamos descubrir una parte nueva de Londres que no conocíamos. Durante esos paseos hablábamos y señalábamos cosas extrañas, atentas a las frases divertidas que escuchábamos para luego anotarlas.

—¡Has cambiado de opinión! —le gritó una mujer a su pequeño perro salchicha.

Siempre llevábamos una bolsa para guardar hojas con formas raras o castañas impresionantes; a Lily le gustaban especialmente las listas de la compra desechadas, que recogía de la acera y estudiaba detenidamente como si fueran una guía para la vida. 1 café, botella ginebra, 2 paquetes de beicon (sin ahumar), 100 Embassy Mild: esa era la mejor receta que encontramos.

A veces llevaba la cámara que Christine le había regalado por Navidad, una Kodak con flash acoplable, la mejor de Woolworths. Se la colgaba al cuello con una fina correa marrón, intrépida y de aspecto profesional. Le gustaba dibujar el mobiliario urbano: tapas decorativas de alcantarillas, bocas de incendios, barandillas. Estaba loca por las gárgolas. Coleccionábamos carteles de tiendas con el orden de las frases alterado para que la palabra central fuese más visible, como «Ferretería de calidad JOHNSON'S y Electricidad». En realidad eran salidas breves, pero tranquilizadoras, que nos guiaban a través de oscuros cúmulos de tiempo. Un sábado caminamos un par de kilómetros hacia el este y nos detuvimos frente a una gran casa victoriana en ruinas, de ladrillos oscuros y doble fachada, simétrica, como el dibujo infantil de una casa pero con todas las ventanas cegadas y dos planchas horizontales de chapa ondulada cruzando la puerta principal, igual que una boca tapada con cinta adhesiva. Lily sacó su cuaderno y empezó a dibujar. Parecía el principio de un cuento.

—Veo a una familia de tres niñas pequeñas en el piso de arriba —le dije—, quizá de seis, ocho y diez años, con vestidos blancos, y la mayor, muy crecida, cocinando todas las comidas con delantal, lavando la ropa y montando una escuela en el desván con banquitos verdes y pizarras. Es lo que imagino —añadí.

Ella asintió razonablemente.

El patio delantero se había convertido en un vertedero para los vecinos; había dos lavabos viejos, un retrete, un cochecito de bebé roto y un pequeño frigorífico obsoleto, con la puerta abierta; alguien había dejado dentro una lata vacía de Coca-Cola de cereza. A la luz del sol formaba una extraña habitación al aire libre, con hierbajos y cardos asomando por el esmalte blanco. Lily dio mucha personalidad a los sanitarios desechados en su dibujo: los grifos como cejas curiosas, las pequeñas bocas de los tapones, el inodoro posiblemente hijo amado de los lavabos, y la vieja casa de detrás, su escenario. A la derecha de la casa había un estrecho sendero cubierto de hierba con el ladrillo combado y polvoriento, la hierba salpicada de margaritas rosas y blancas, y saltamos por él como Dorothy y el espantapájaros; empujamos la puerta desconchada del otro extremo, y allí —como por arte de magia— encontramos un largo jardín amurallado cubierto de flores silvestres. Nos asomamos a las ventanas mugrientas de la parte trasera de la casa. Era evidente que nadie vivía allí desde hacía mucho tiempo y solo había unos pocos muebles: una jarapa, una silla de terciopelo verde, un tendedero de madera y un cubo de esmalte jaspeado en el centro de la habitación, supongo que para las goteras. Adosado a la pared trasera había un toldo descolorido de rayas azules y blancas con un borde festoneado como el que podría tener una pastelería o un café del parque.

El césped descuidado estaba salpicado de ranúnculos y dientes de león plateados; al fondo florecían dos enormes arbustos de lilas, casi como si fueran rivales. Corrimos hacia ellos y nos llenamos los brazos de ramas blancas y moradas, las cabezas de las flores mullidas y de olor penetrante, con recientes hojas verdes en forma de corazón. Oímos música procedente de la radio de un jardín vecino. Un soñoliento gato tricolor nos miraba con desaprobación. Nos apresuramos de vuelta a casa con nuestro tesoro robado; Lily cargó con el peso sin quejarse ni una sola vez de la longitud del camino de vuelta, aunque seguro que sus brazos estaban a punto de caerse. Igual que los míos. Nos sentíamos triunfales.

—¿Cuánto costaría esto en una tienda? —quiso saber.

—No estoy segura. Mucho. A lo mejor, no sé, ¿cincuenta o cien libras?

Lily no podía estar más orgullosa de nuestro botín. Bailó por la habitación, electrizada por el éxito. Siempre disfrutaba de su faceta de cazadora-recolectora. En el piso las lilas llenaron ocho jarras, jarrones y botellas; los tallos altos, rígidos e inflexibles, se extendían como abanicos, y el aroma era tan dulce, pesado y penetrante que abrí la ventana para que se disipara un poco.

—Míralo todo —repetía yo.

Era como el colorista telón de fondo de un ballet, o como una hermosa tienda de vestidos en una vieja película de Hollywood. Comimos sándwiches de queso fresco y pepino sentadas en la escalera del portal, hambrientas después de todos nuestros esfuerzos. ¡Qué agradable! Apareció un petirrojo, un petirrojo de Disney, saltando a por las migas. Puse un poco de mermelada de albaricoque en una taza y se la di a Lily a cucharadas.

Cuando volvimos a entrar, el olor fue como una bofetada. Se parecía bastante al repelente de polillas, admití con los ojos llorosos, picor en la nariz y un nudo en la garganta. Había unido las flores claras y las oscuras, pero el contraste de pronto resultaba demasiado duro, como un uniforme de fútbol o algo similar, una bandera burda, y comprendí que quedaban mejor los colores por separado. Nada del lila era realmente lila —ese color entre rosa y malva plateado, pálido y delicado, que tanto me gustaba—, sino blanco intenso y un oscuro púrpura vaticano algo siniestro. Aquello me alteró de repente, me pareció el fin del mundo. ¿Cómo podía molestarme algo tan tonto? Y entonces me molestó que me molestara tanto el color de las flores. Quise entonces que todo fuera más frágil y etéreo; estas cabezas eran pesadas y densas, parecían hocicos. La decepción brotó de mí como sangre.

—No pasa nada, no pasa nada —dijo Lily besándome la mejilla—. ¡No están nada mal para ser gratis, recuerda!

Más tarde, cuando intenté mover los tallos para que todo pareciera más suelto y natural, vi que las ramas estaban llenas de bichitos. Aquello fue la gota que colmó el vaso. Me aguanté las lágrimas. Sin embargo, Lily seguía murmurando «Cien libras» de vez en cuando, maravillada y medio indignada, como si nos hubieran cobrado de más. «Qué INCREÍBLE».

Eso me animó y empecé a depurar las ramas. Un trabajo curiosamente familiar, un poco como quitar liendres del pelo de las chicas.

—Deja que te ayude. —Lily se subió las mangas.

Había leído que salir de la cárcel era el momento más peligroso de todos porque la tolerancia disminuía mientras estabas dentro. Fui a buscar a Eleanor la mañana de su puesta en libertad con un pequeño ramo de flores silvestres, un paquete de comida y una novela que Jean me había recomendado, pero ya se había ido. Era increíble la capacidad que tenía Eleanor para hacerme sentir como una pesada, incluso a las puertas de la cárcel. Como si la estuviera molestando. La guardia femenina sonrió con desdén. Mira, otra triste colgada.

La llamé por teléfono cada dos días durante dos semanas; no contestó ni una sola vez. Era casi como si fuese mi tolerancia la que se hubiera agotado. Me encontraba en un estado peligroso, sin dormir, sin comer. Iba al portal de su casa en mi descanso del almuerzo y le dejaba cosas: fruta, una vez un pastel en una caja blanca, pan y algo de queso envuelto en un paño, leche, huevos. O simplemente me sentaba allí y tarareaba en voz baja, en una fantasía de intimidad, un himno o una vieja canción popular, para no flaquear. A veces la veía junto a la ventana del último piso, lo que me tranquilizaba. Yo no necesitaba mucho.

Le escribí una carta donde confesaba mis esperanzas y temores. Le hablé de la época en que nació. Le hablé de la falta de interés de su padre por mí, de la de mi propio padre, que me hizo sentir mal durante un tiempo. No estaba orgullosa de cómo había llevado ese aspecto de las cosas. Nuestra ausencia de padre era una enfermedad hereditaria.

Mencioné otros errores que había cometido: mi capacidad para creer en falsas intuiciones y los aspectos más desafortunados de mi carácter, la forma en que a veces me costaba aceptarme. Admití mis errores desde todos los puntos de vista posibles, lamenté no haber sido mejor persona. No debería haberla necesitado tanto cuando era pequeña, no había sido justo por mi parte agobiarla con responsabilidades. La había obligado a vivir en aquella calle espantosa, cómo no me había dado cuenta. Me permití una línea de reproche y fue esta: «No te arriesgas, y por eso vives en un estado de riesgo permanente. Todos lo hacemos». Propuse un plan para nuestras vidas, las de las tres, todo lo que podrían ser, ya que había mucho potencial. Hablé de tratamiento, de una nueva vida en el campo como una familia de verdad, junto al mar, en otra ciudad, en otro continente. «Haré lo que quieras. Lo que haga falta. Por muy loco que parezca, ahora necesito tu ayuda. POR FAVOR. No puedo seguir así. Te quiere, mamá».

Salí al buzón de la esquina con la carta, la metí por la estrecha rendija y volví a casa cansada, desolada. Enseguida sentí una ansiedad densa, de haber fracasado en mis intenciones; la sensación de haber cometido un error grave, con elementos de desconfianza y consternación. ¿La estaba amenazando? No lo sabía. ¿Y por qué no lo sabía? No hay mentiras que hieran tan profundamente como las que nos contamos a nosotros mismos. ¿O eso no era cierto? No podía pensar con claridad. No podía sentarme, no podía dormir. Acobardada, miré cómo el reloj marcaba cada minuto desde las once hasta las cinco, cuando me levanté a leer un libro, no sabría decir cuál, observando detenidamente la disposición de las pulcras letras negras en la página hasta que empezaron a parecer pequeños insectos. Nunca antes había distinguido entre los libros y la vida, siempre pensé que eran lo mismo, pero ahora no estaba tan segura. ¿Cómo no me había dado cuenta de que leer era una forma de cerrar los ojos a la realidad, de encoger las cosas y esconderse?

A las siete menos diez me calcé unas zapatillas y salí del piso con el impermeable sobre el camisón. La calle estaba fresca y silenciosa, la luz de la madrugada era inhóspita, y esperé a que el cartero hiciera su primera recogida. Finalmente su vieja furgoneta apareció traqueteando. Era vivaz y larguirucho, con una zancada larga y saltarina. Llevaba una gorra y un saco de verdad, y le rogué que me devolviera la carta.

—¿Ah, sí? —dijo abriendo la jaula interior del buzón con unas siniestras llaves.

—Es mi hija. No le van bien las cosas. Ya sabe a qué me refiero. Los envían para juzgarnos, supongo.

Su expresión permaneció impasible. Tendrás que hacerlo mejor, pensé.

—Mi intención era explicar las cosas en una carta, exponer mi punto de vista, pero al meditarlo con la almohada estoy bastante segura de que solo empeorará la situación. Quizá me haya expresado de manera un poco fuerte. Podría ofenderla. Las cosas llevan un tiempo siendo difíciles. Ya pasará. Nada fuera de lo normal. Pero creo que la carta puede ser un error.

Me miraba fijamente de una forma difícil de interpretar. El cielo empezaba a despertar lentamente, se espesaba una neblina gris y blanca.

—No soy la mejor madre del mundo.

Fue un alivio confesarlo por fin. Mi voz sonaba eufórica.

Comprendí que cuanto menos necesitada pareciera, más dispuesto estaría él a devolverme la carta. (Bienvenida a la raza humana).

—A ver, haga lo que quiera, por supuesto —murmuré—. Seguramente será una de mis tonterías. —Luego, señalando discretamente—: Es ese sobre azul de ahí.

El cartero alargó el momento: no pudo resistirse. Aguardé con las mejillas encendidas, las piernas desnudas azuladas por el frío matinal, hasta que él sonrió con elegancia y dijo:

—Vamos, mamá.

Me gustó que me llamara mamá. Apuesto a que tenía una encantadora en casa, que le preparaba desayunos gigantes para que no se quedara sin fuerzas. Esperaba que así fuera. Había algo noble en él. Me devolvió la carta y se lo agradecí, pero entonces negó con la cabeza con desaprobación y sentí escozor en todo el cuerpo. Me tambaleé ligeramente. Yo también me desaprobaba. El cartero se alejó, despreocupado, alegre; mientras abría la puerta de su reluciente furgoneta para escapar de mí, se detuvo y se dio la vuelta.

—Suerte —gritó.

Eso me hizo sonreír de verdad. Fue un detalle por su parte, no tenía por qué hacerlo.

Aquel verano llovieron los funerales.

—No son tan malos como las bodas —dijo Jean—. Al menos el daño ya está hecho.

Luke, el marido de Christine, fue el primero. Una de esas situaciones horribles en las que alguien no parece muy enfermo y el tratamiento lo mata. Al final estaba tan encogido que era difícil no pensar en las películas que había visto en clase sobre los campos de concentración. Tenía sesenta y seis años. Me había enterado por Sarah de que iba de mal en peor y una tarde llamé al timbre de su casa y Christine me preguntó si quería sentarme con él. Así, sin más. No quedaba nada por decir, pero me encaramé al pie de la cama y le froté los pies durante una media hora, mientras la habitación se iba quedando en penumbra. Me sentía como en un sueño; sentada al borde de su mundo, la taza de café frío de Christine en la mesilla de noche, su fino camisón de linón, un tubo de pomada para los talones agrietados, varios frascos de pastillas, una manzana en un platito amarillo con un cuchillo. Sobre la colcha había tarjetas y cartas de despedida de amigos y vecinos. Una novela de Conrad abierta en el suelo parecía cálida, como si Christine la hubiese estado leyendo antes de mi llegada. Los restos de su frugal almuerzo. Había imaginado su vida en común muchas veces y era increíble encontrarme entre su decorado y accesorios.

Intenté calentarle los pies helados con mis manos. Eran de color ceniza, una mezcla de ceniza pálida y carbón, y la piel parecía oscurecerse con mi tacto. Volví a meterle los pies entre la sábana, la manta y la colcha, acostándolos como si fueran gemelos. Cogí la silla y la acerqué silenciosamente a la almohada. Me incliné hacia delante y le acaricié el pelo. Me sentía como una ladrona, pero él parecía cómodo. ¿Sabía que había alguien allí? ¿Sabía que era yo? Apenas lo sabía yo, pero sí sabía que se acercaba el final. Pasó otra gélida media hora. Me permití pensar que tal vez él había decidido darme algo, por fin. Aquella escena tenía una belleza pura y redentora, pensé, y entonces rechacé esa idea porque era falsa. Es muy difícil saber qué podemos permitirnos en la vida, pero aquello transmitía la sensación de un sacramento.

Estar con alguien que agonizaba era curiosamente similar a la espera de un parto. La misma concentración, esfuerzo, ralentización de la realidad y la textura abierta de todo. Tratar de estar a la altura de la inmensidad de la ocasión y sentir que lo que estaba en juego era demasiado para mí o que yo era demasiado joven para tales niveles de responsabilidad, que cualquiera lo sería. No dejar que se fuera era demasiada responsabilidad. Me di cuenta de que había pasado gran parte de mi vida manteniendo vivas a otras personas.

Apenas podía creer que a mí, tan rotunda con mi privacidad, se me concedieran ahora privilegios tan íntimos. Pero Christine necesitaba un descanso de su vigilia; tal vez solo fuera eso. Oí sus pasos ligeros en el piso de arriba. Yo era muy dada a encontrar significado donde no lo había. Mi amiga llevaba dieciséis horas aquí sentada, al parecer, y se había alegrado de verme. Habría pasado lo mismo con cualquiera.

Una conversación en el coche de Christine: teníamos dieciocho años, era verano y nos dirigíamos al cumpleaños de su abuela. Habría ochenta invitados y una carpa con mesas rosas en el césped. Christine me había vestido con ropa suya. Era un día precioso, pero me sentía ansiosa e insegura. Su familia tenía esos quisquillosos modales ingleses que siempre me resultaban algo intimidatorios. «¿Podré sentarme a tu lado, ¿verdad?», pregunté nerviosa. Nos detuvimos en una larga cola de tráfico y ella me miró con furia. «¡No puedo prometértelo!». A menudo había notado que su voz se afilaba contra mí.

Acallé esos pensamientos y me entregué a una comunión onírica. Corrientes de recuerdos confusos se desplazaron por la habitación, emergieron elementos robados y emociones fantasmales, informes, semievocadas. La sensación de que estaba experimentando novedades que ya había vivido antes, de que no había diferencia entre el pasado y el presente, o más bien que las diferencias parecían menores que las semejanzas, pero entonces ¿qué estaba perdiendo yo en realidad? Muy difícil saberlo cuando no entendía qué, a quién había perdido. La muerte y Eleanor estaban para mí tan completamente vinculadas que un par de veces casi creí que era su cuerpo el que yacía a mi lado. Eso era para lo que me había preparado.

—Cariño —la llamé, pero Eleanor no estaba allí, por supuesto. Eso fue una gran bendición.

Entonces oí el estertor, tan claramente como más de treinta años atrás había oído el de mi madre con mi hija apretada contra el pecho, y empecé a contar los segundos que transcurrían entre las respiraciones. Iba a pasar. Me levanté y llamé a Christine para que bajara.

—Me sentaré en la cocina —murmuré con voz ronca, apenas un hilo. No estaba segura de poder controlarme. Había pasado décadas salvaguardando la intimidad de su marido y ¿desperdiciarla ahora? Alisé una arruga en la gruesa funda blanca de la cama de matrimonio y ajusté suavemente la otra almohada para acercársela a la cabeza. Quería hacerlo todo bien—. Te prepararé un té.

—No —dijo ella—. Quédate, por favor.

Yo sabía que no tenía derecho a estar en la habitación cuando él muriese, a formar parte de su muerte. A participar en ella. Transgredía inmensamente la forma en la que todos habíamos vivido, pero tenía que hacer lo que Christine me pedía. Pensé que era la decisión correcta. Esperaba que lo fuese, pero yo estaba temblando.

Mientras él se enfriaba, Christine colocó la silla al pie de la cama y empezó a dibujarlo al carboncillo. El sonido del dibujo era rápido y jadeante, como el que hace un animalillo que esconde su comida. Entonces me fui de la habitación. Bajé la escalera, abrí los ventanales del fondo de la cocina y salí al jardín. Había algunas moras tempranas y los pájaros se aprovechaban al máximo. Cogí como recuerdo unas ramitas de romero con diminutas flores azul pálido y me llevé los dedos a la nariz. Puse agua a hervir para el té. La llama era del mismo color que los delfinios.

Sus hijos lo llevaron a su último lugar de descanso con gran dignidad. Se parecían tanto a él de joven que al principio no podía mirarlos y luego no podía dejar de mirarlos. Ahora eran altos y serios. Él siempre decía que esperaba que maduraran, incluso cuando solo tenían siete y cinco años. El mayor, Ruben, estaba con su novia, muy embarazada, y la madre de ella. Era la primera vez que sus hijos se ponían traje, me dijo Christine.

Me senté con Christine después del velatorio, dándole sorbos de brandy en la cocina, con Fran y Sarah vestidas de gris y azul marino, como si nunca se hubieran quitado el uniforme escolar. No se comportaban con ella tan bien como yo, pensé; sus gestos eran aficionados y torpes. No comprendían que aunque había que ablandarse cuando alguien está conmocionado, también tenían que mostrarse claras y predecibles, todos los gestos fluidos y seguros como la pulcra caligrafía de un profesor. Hablaban con murmullos, lo que obligaba a repetir las cosas tres o cuatro veces. No paraban de levantarse y de sentarse, de ofrecerle a Christine cosas que no quería, de hacerle preguntas sin significado. No podía haber nada inesperado en un momento así. Intenté parecer más una brisa ligera que una persona, una mujer. Christine estaba aturdida, casi catatónica al principio, y lo único que podía hacer por ella era asegurarme de que estaba bien abrigada. Puse música de violonchelo con el volumen bajo, como si leyera un cuento de fondo; la envolví en un chal, le cubrí los hombros con mi chaqueta de punto porque tenía la piel helada, le puse una manta en el regazo. Me cogió la mano con fuerza.

—¿Nos vamos? —vocalizó Sarah, vocalizó Fran. Como si yo fuera una profesional del sector.

—Como queráis. Lo tengo controlado. Me parece bien lo que decidáis.

Recogieron sus cosas.

Poco después Christine empezó a hablar como una loca acompañándose con bruscos movimientos de las manos, como si algo le picara o le quemase, o como si intentara alcanzar o golpear algo que se le escapaba. Parecían desesperadas. Era doloroso ver aquello. A Christine le preocupaban especialmente los años que habían pasado separados, hacía ya décadas.

—¿Y si fue la mejor época de su vida? ¿Ese tiempo que estuvo lejos? —gritó.

No era propio de ella pensar algo que fuera en contra de sí misma ni mucho menos decirlo, pero yo conocía todas las formas en las que la pena asalta la personalidad. No pude responder. Yo había pasado algún tiempo con él durante aquel período. Le gustó mi compañía una temporada y luego dejó de gustarle.

Supe que no debía decirle «Claro que aquellos años no fueron los mejores, seguro que se sentía desgraciado sin ti y los chicos, no sabes lo que dices. ¿Por qué iba a volver si no? Recuerda que estás conmocionada y que cuando recibes un golpe así, tus pensamientos y tus sentimientos no son de fiar». Sabía que necesitaba que alguien escuchara sus dolorosos pensamientos, que permitiera que las cosas difíciles salieran a la luz sin que nadie las rechazara. Al menos eso creía, pero cuando no la contradije, empezó a lamentarse. Era algo vago e inespecífico, el tipo de ira pura y dura y de recriminaciones que yo asociaba con la pérdida, aunque esa no era la primera vez que yo dudé de lo que ella sabía. Pero allí me quedé, escuchando, inclinando la cabeza, disculpándome por cómo se sentía, tranquilizándola, de forma suave, generalizada, sin nombrar nada. Fue un alivio a su manera. Y entonces, de pronto, Christine adoptó una actitud ente pícara y apenada.

—Al menos ahora podré encender la luz. Algo es algo. Solíamos tener unas peleas horribles.

—¿Qué quieres decir?

—«¿Por qué siempre dejas las luces encendidas?». No las dejo encendidas, las enciendo. Hay una gran diferencia. Qué banal tener esa conversación cuando eres una mujer adulta. Las luces hacen que la casa parezca cálida y acogedora, casi como un hogar. Lo ideal sería que los demás habitantes de la casa me dieran esa sensación, pero hasta que lo consiga, me gusta recurrir a la electricidad.

—¡QUÉ bueno! —dije, y ella me cogió las manos en señal de amistad, nos reímos como locas y el momento pasó.

Le ofrecí más sorbos del brandy de Luke y para acompañarlo comimos nueces de Brasil, dados de queso y pasas cubiertas de chocolate. Todo sabía delicioso. Acerqué la copa a la luz y me oí proponer un brindis a la salud de Luke, y en cuanto lo dije me di cuenta de lo que había hecho. Entonces Christine se enfadó conmigo y rugió:

—Joder, Ruth, piensa antes de abrir la puta boca. —En lugar de «boca», me pareció oír «piernas».

El ritmo de la velada cambió bruscamente. Me puse a temblar. Volqué la copa y el cristal se partió en tres. Los segundos se alargaron y temí que se rompieran otro tipo de cosas. Pensé que Christine iba a pegarme y empecé a disculparme sin parar, por todo y por nada, mientras recogía los trozos de cristal y los envolvía cuidadosamente en papel de periódico, y poco a poco su mirada iracunda se fundió en un ceño fruncido, luego las líneas del ceño se suavizaron en una media sonrisa y al poco empezamos a reírnos y reírnos, todo era tan loco y peligroso.

Una vez le hice espaguetis con almejas. Él había cumplido años el día anterior y yo me había puesto mi vestido bueno. Las almejas eran caras y las enjuagué unas cincuenta veces en agua fría para quitarles hasta el último granito de arena. Las guisé al vapor en vino blanco con un poco de ajo y aceite de oliva y unos brillantes puntos de guindilla, y observé las cáscaras que se relajaban y abrían con el calor. Me sentía esperanzada.

Añadí los espaguetis no del todo hechos, dos puñados de perejil picado y un poco de pimienta negra a las almejas que crujían en la sartén. Lo serví en platos soperos azules y blancos; incliné la sartén para recoger el jugo apartándome para evitar el vapor, pero el líquido del fondo no era de un ligero tono lechoso sino gris oscuro, casi negro. No me podía arriesgar. Pisé el pedal del cubo de basura y vacié los platos. Una ancha carrera me subió por las medias nuevas y mi pierna pálida asomó azulada entre los hilos. Tuve que prepararle huevos con tostadas. Recuerdo que soltó una maldición.

Cuando salí de casa de Christine, fui directamente a casa de Eleanor. Quería hablar con ella, pero al doblar su calle cambié de idea. No debía ser egoísta; Eleanor no era fuerte. Yo no podía quererlo todo y ella ya tenía bastantes dificultades. Anhelaba destellos de intimidad y familiaridad, pero Eleanor no era esa clase de hija. Era sombría y poderosa; como cualquier fantasma que se precie, hacía sentir que tú eras la intrusa. Desde su salida de la cárcel tenía aún más candados y barrotes. Además, nunca hablábamos de la muerte. Era una corriente demasiado fuerte en nuestra vida como para nombrarla.

Luego murió una niña del colegio. Ver no solo a los padres y a los hermanos, sino también a su abuela y a su bisabuela en el funeral, abrazadas la una a la otra, gemelas con sus blusas de crespón color marfil y sus anticuadas chaquetas negras de hombros rígidos, las venas de la desesperación palpitando violetas en el dorso de sus manos, las marcas de la tristeza en sus rostros. Nunca había presenciado nada igual. La señora de más edad, anciana y encorvada, con la cara como harina bajo un sombrero de casquete, vestida con una indignación pálida y temblorosa porque la naturaleza hubiese permitido aquello. Finos mechones de pelo blanco. Era un insulto incomprensible. Me pregunté si aquello le hacía sentir que todo lo que había soportado en la vida era una burla. Creo que yo me sentiría así. Su hija, la abuela, visiblemente religiosa, pasaba cuentas sin hacer ruido entre las palmas de las manos. Poppy, la niña en cuestión, no había llegado a cumplir catorce años. Había sufrido algún tipo de ataque cardíaco impredecible en plena noche. Perfectamente sana. Una chica encantadora, cariñosa, de corazón alegre.

Hablé con los padres en el funeral y no eran del mismo planeta que la pareja de ancianas: cantaban sus alabanzas con fluidez, sollozaban entre frases sin autocensurarse, sonreían y se limpiaban la nariz con la manga, mostraban expresiones de gratitud donde podrían haberse esperado amargas maldiciones. Sufrir el tipo de pérdida que te permitía ser exteriormente amable, sujetar otras manos, aferrarte con fuerza a todo lo que se te ofrecía casi como si enseñaras un nuevo baile, incluyendo a todos sin vergüenza; mostrar tanta generosidad a la hora de recibir consuelo, con el corazón abierto, durante la agonía de la tragedia. Era inimaginable. La muerte no había hecho que esa pareja se sintiera desolada y castigada. Eran camaradas. Me inspiraron. Asentí con la cabeza sin cesar, se me humedecieron los ojos y les conté lo encantadora y admirable que era Poppy en el colegio: alegre, animada, expansiva. Las hermanas pequeñas correteaban por el jardín, de momento ajenas a todo.

Otro detalle asombroso: habían decorado el ataúd con fotografías de Poppy, como un álbum de recortes o un *collage:* había fotos de cuando era un bebé, luego de una niña pequeña ofreciendo una maraña de fideos a una gallina en la granja de su tía, tartas de cumpleaños con las velas encendidas, instantáneas de Poppy disfrazada de caracol con un edredón a rayas grises enrollado a modo de caparazón en *The insect play,* un recorte del periódico local de cuando hizo su prueba de aptitud ciclista y la fotografiaron con otros catorce niños y la tímida alcaldesa sepultada por las condecoraciones municipales. Lo maravilloso fue que, después de la misa, todos se reunieron alrededor del ataúd y avanzaron lentamente en círculos, señalando detalles con deleite. Habían fotocopiado un proyecto escolar premiado de Poppy sobre los cuadros de la reina Isabel I. Allí estaba con el Papá Noel de unos grandes almacenes, hosco con sus embarradas zapatillas deportivas mientras ella sonreía. También la habían fotografiado vestida con su maillot color caléndula y las tres insignias de los premios de gimnasia cosidas a un lado. Entre las sombras cruzadas de la torre Eiffel, entornaba los ojos por un sol demasiado intenso. Allí estaba toda ella. Los ataúdes solían aterrorizar a la gente y era extraordinario que hubiesen acercado su cuerpo a todo el mundo, homenajeándola allí donde yacería de forma definitiva. Una mesa repleta de pasteles pasó completamente desapercibida. Se llamaba Poppy. Poppy Richardson.

Ese ataúd mató un poco a la muerte.

7

Era mediados de noviembre, otro año más; la Navidad se acercaba y allí seguíamos Lily y yo, aferradas la una a la otra. Jean se había hecho íntima de su nueva amiga Caroline, la del apellido compuesto; poeta y agitadora, era como le gustaba que la definieran. Jean era todo «Caroline dice, Caroline piensa». Iban juntas a actos elegantes: visionados privados, noches de estreno. Un domingo fueron en coche a Charleston; Caroline vestía colores deslumbrantes, «audaces». El rosa de la mesa del comedor impresionó a Jean por su «ferocidad extravagante», los jardines le parecieron «divinos». (¿Qué le había pasado a mi vieja amiga, que creía que la jardinería era una tarea doméstica de exterior?) Cuando Jean dijo: «A Caroline le gusta llevar pantalón pitillo de terciopelo por la noche», pensé: «Esto no acabará bien».

A Jean le había dado por llevar fulares largos y vaporosos; algo habitual en la mujer madura, desde luego, pero estos rozaban lo artúrico combinados con su viejo abrigo de borrego. Caroline parecía tener un suministro interminable, como un mago y sus pañuelos. Jean parecía…, parecía loca. Parecía loquísima, pero feliz. Tenía en las mejillas esos círculos de color rosa ladrillo que recordaban a los de Lily cuando le salían los dientes. Estaba probando un nuevo champú acondicionador dos en uno con aroma a manzana, me dijo. ¿Había detectado en ella fragancia de violeta? Empecé a preguntarme si no se trataría de una aventura amorosa. Un par de veces —algo inaudito— había llegado tarde a clase. Jean estaba sumida en una suerte de ensimismamiento confuso y perplejo, como esas llamadas al extranjero en las que la voz se oye con retraso. Preguntaba lo mismo dos o tres veces. «¿Cómo me quedarían unos pendientes grandes y vistosos?». No se cortaba un pelo.

—Ruth, querida, creo que estás celosa —me dijo en el colegio el señor Machin, de Geografía, quitándose las migas de galleta del pantalón de pana color otoño.

—¿Puede que estés un poco celosa? —dijeron Christine, Sarah y Fran cuando quedamos para tomar una copa un poco deprimente, al parecer para animar a Christine.

—¿Celosa yo? —protesté—. ¿De esa persona tan ridícula? —Solté un sonoro suspiro—. Por favor, no me hagáis reír.

Pero mi desdén cayó en saco roto porque con un gesto despreocupado de la mano derribé y rompí una botella entera de vino blanco. Entonces supieron que la cosa iba en serio. Una camarera diminuta se arrodilló con un trapo, una fregona y un recogedor, disculpándose.

A veces pensaba en Caroline antes de dormirme e intentaba descubrir incoherencias. Era una sustancia irritante de bajo nivel, una mosquita con ideas pomposas sobre sí misma, un equipo de fútbol del que no me pondría la bufanda ni aunque me pillara una ventisca monstruosa. Sus gustos me ponían de los nervios. ¿Detestaba a Wordsworth pero era una gran admiradora del psicoanálisis? Eso no encajaba. No creía en los paraguas, decía que eran un invento suburbano; pues bien, yo podía asegurarle que existían. Pensaba que las mujeres golosas se trivializaban a sí mismas. ¿Qué, todas? (Jean tendría que refrenar su adicción a los pasteles, ¿y por qué iba a hacer algo así?). Se oponía a los ingleses que no se habían criado en Londres. Despreciaba la palabra «muy» porque desintensificaba y la gente no se daba cuenta. No «toleraba» las cenefas de las cortinas. Le gustaban los zapatos con rozaduras, las sobras, la raya diplomática, el whisky a palo seco, el antiguo Soho, el chasquido de los tallos de los tulipanes, los sándwiches de tomate en todas las comidas (eso se lo había robado directamente a F. Scott Fitzgerald). Decía que una mujer fatal debía tener una risa seductora y desdeñosa. Le encantaban todos los tacos excepto «hostia», que era una blasfemia. Había biografías de la mayoría de sus parientes alineadas en un estante del cuarto de baño, dijo Jean, cuyo lavabo tenía una falda confeccionada con un hermoso tejido toile de Jouy del siglo xviii. A mí me parecía una guarrada.

Las historias se volvían cada vez menos creíbles y cada vez más rancias. La bisabuela de Caroline le dijo a su abuela: «Querida, no tienes que casarte por dinero, pero debes casarte donde hay dinero». Qué raro que Caroline quisiera que se supiera semejante idiotez. Era una mezcla entre Nancy Mitford y Enoch Powell.

Resultaba extraño ser una experta en el catálogo de simpatías y antipatías de alguien a quien ni siquiera conocía. Seguro que no había estudiado poesía, que no había pasado años en galeras escribiendo tres análisis literarios a la semana como yo, analizando cada verso final, cada coma extraviada, en las resonantes salas de Gower Street. Solía volver corriendo a casa de mi madre después de la universidad pasando por el mercado, donde siempre había mucha oferta a eso de las cuatro y media, cuando ya estaban recogiendo. Hacía la comida, charlaba con ella un minuto, la acomodaba, me cambiaba y me iba a trabajar al restaurante. Era una buena vida. ¿Tenía Caroline un máster de Oxford sobre palabras que describen colores en la poesía anglosajona, como Jean? Francamente, lo dudaba. Esperaba de todo corazón que sus poemas no fueran buenos. ¿A que yo era mala?

Jean me invitó a un recital de Caroline en un pequeño café bar de Earls Court, pero esa noche yo tenía una reunión de padres en el colegio de Lily. Pequeños alivios. Si Jean quería probar lo de ser lesbiana, ¿por qué había elegido a alguien tan descabellado? ¿Qué tenía de malo la amable mujer de la tienda de dietética? Yo era meticulosamente educada con Jean, desde luego. Siempre que hablábamos, por ejemplo, le preguntaba por la salud de Caroline o por las formas poéticas que más le gustaban en ese momento (noviembre era el mes del *villanelle,* hurra) o por sus métodos preferidos de agitación y demás, aunque la sola mención de su nombre me diera ganas de vomitar.

Jean adelgazó mucho.

—Me siento más ligera con la vida en general. Se siente más. Siento más. Intenta alegrarte por mí.

—Por supuesto; es estupendo —dije, pero mis verdaderos sentimientos me traicionaron en la segunda sílaba, una risita asomó la patita y a saber cómo pronuncié «estipendio», que sonó como si me estuviera cachondeando. Vaya por Dios. Fingí un pequeño ataque de tos para ayudarnos a superar el trance.

¿Cuándo abriría Jean los ojos?

De pronto empezó a ir andando a todas partes. Cinco kilómetros para ir al trabajo, cinco kilómetros para volver a casa. Los fines de semana cogía el autobús a Primrose Hill y caminaba hasta la cima, bajaba a Regent's Park, cruzaba Hyde Park, Green Park y luego Saint James.

—El palacio de Buckingham es tan feo —decía—. Pobre reina.

Se compró un abrigo de cachemira para protegerse del frío; era de tan buena calidad que la lana tenía un aspecto resplandeciente. ¿Qué haría si llovía? Encargó por catálogo dos conjuntos térmicos de seda. Un calentador de manos de pana, como una de esas bolsitas de agua que se calientan en el microondas. Compró un microondas.

—¡Qué deportista, Jean! —le dije.

—No te burles de mí.

Una noche llamó por teléfono. Era muy tarde. Me asusté. Lily saltó de la cama y la llevé de vuelta al dormitorio con el cable enrollado a mi alrededor. Con la mano sobre el auricular, la arropé y la tranquilicé.

—Es Jean, solo llama para charlar. No te preocupes.

La besé y cerré la puerta.

—Te alegrará saber —dijo Jean teatralmente— que Caroline y yo ya no somos amigas.

—¡No, Jean, no! Vaya por Dios. Lo siento mucho.

—No, no lo sientes nada.

—Bueno, no estoy orgullosa de eso.

—Y además resulta que era diez veces más mentirosa que cualquier hombre que haya conocido.

—¿Sí? ¡La muy malvada!

—En efecto, lo era.

—Dicen que los poetas son peores que los pintores.

—¿De veras?

—Sí.

—¡Te lo acabas de inventar!

La risa triste de Jean era adorable.

—Siento si he sido un poco… horrible últimamente.

—Sí. Sí que lo has sido —me dijo—. Pero te perdono.

—Gracias. Eso es muy generoso.

De pronto sentí la imperiosa necesidad de comprarle un regalazo. Algo realmente alucinante, como un rubí gigantesco o un Picasso o un león.

La capacidad de Jean para volver a la vida siempre me impresionaba. La alta estima en la que se tenía. Era una especie de optimismo personal, casi corpóreo, podría decirse. Una integridad profunda que era de admirar. Jean se conocía muy bien, desde luego, no solo lo que le gustaba y lo que no, sino también la forma en que sus diferentes heridas aceleraban cosas en ella que quizá no ayudaran a resolver una situación. Aprovechaba muy bien todo lo que sabía sobre ella. Había sido amable con sus debilidades y quizá por eso apenas la inquietaban. Habían ascendido a otra categoría.

—¿Y ella? ¿Cómo está? —me preguntó.

—Hace mucho que no la veo, casi dieciséis meses. Tengo que intentar no…

—Me refería a la pequeña.

—Lily…, bueno, Lily está razonable.

Ese trimestre de otoño, al pasar a cuarto curso, la caligrafía de Lily había pasado de una cursiva cuidada y preciosa a algo mal alineado y enmarañado.

—Tiene la letra de una novelista que le da a la ginebra y a los cigarrillos, sigue atormentada por amoríos del pasado y ha entregado a su hijo en adopción —dijo Jean.

—¡Ay!

—Lo siento lo siento lo siento —dijo ella—. Joder joder joder. No sé de dónde ha salido eso. Creo que es la cosa con menos tacto que he oído en la vida.

—Estará entre las primeras de la lista, Jean.

Decidí conseguir que Eleanor viniese por Navidad. Seguro que podía estar tres cuartos de hora viendo la tele en el sofá con una manta y Lily en el regazo, desenvolver unos bombones Quality Street, abrir una sorpresa navideña, sufrir la indignidad del sombrerito de papel. Podíamos sestear todas delante de *El mago de Oz,* envueltas en cintas y papel de regalo; sacar el glaseado de las porciones de pastel de frutas, imitar la elegancia perezosa del espantapájaros. Hasta un inválido grave, en una emergencia, puede hacer que quienes lo rodean sientan, aunque sea brevemente, que allí hay algo más: puede animarse un poco, sonreír y bromear para suavizar las cosas para los demás, si eso es lo que quiere. Mostrar amor. Era lo único que hacía falta. La madre de Lily tenía algo que yo no podía darle.

—¿Estás segura? —dijo Jean—. ¿Por qué no venís conmigo a casa de Louisa? Me haríais un favor. Ya sabes que me raciona las patatas, pero no se atreverá si estáis allí. Una vez hasta cogió algunas de mi plato con su tenedor. Podríais apoyarme: «Esa es la cantidad perfecta de patatas, es lo que recomiendan en Radio 4». Os escucharía. Su hija menor, Izzy, es increíble. Divertida y lista. Se pasa el día leyendo.

—Te lo agradezco mucho, es un ofrecimiento precioso, pero creo que será mejor que este año nos lo tomemos con calma.

Por la noche Lily y yo nos acurrucábamos juntas, como en una inmersión. La suavidad de su piel, su aliento en mi mejilla, las piernas y brazos largos y calientes, el pelo tan sedoso que parecía el de la muñeca Sindy. Yo permanecía despierta preguntándome si alguna vez se atrevería a portarse mal. ¿Debía animarla? Solía preguntarme lo mismo sobre su madre, también despierta en la cama. Eleanor había sido muy cariñosa conmigo cuando era pequeña, me cuidaba cuando yo lo pasaba mal, tomaba la temperatura de mis días. Era muy responsable. Tendría que haberlo detenido. Yo había hecho lo mismo por mi madre, pero sabía que eso no estaba bien. Mi madre tenía miedo: era la única persona que conocía que desconectaba la radio cuando había rayos y truenos. Daba un respingo cuando oía un portazo o a alguien se le caía una cuchara. Sin embargo, había sido atrevida en su juventud. De pequeña ¡lo que más le gustaba era atar los pies de los demás bajo la mesa con cordones y cuerda!

—¿No te parece que Lily tiene una mirada triste? —le pregunté a Jean—. Por favor, sé sincera conmigo.

—Creo que parece alguien que sabe que la vida es un asunto serio quizá unos años antes de lo que debiera.

Maldije por lo bajo.

El 19 de diciembre fui a casa de Eleanor. Nadie contestó cuando llamé al timbre, pero me había llevado un libro y esperé media hora en el coche hasta que la vi caminando lentamente calle arriba con otra chica inexpresiva. Las dos vestían de gris de pies a cabeza, arrugados abrigos de aspecto militar con solapas y hebillas, una gama de colores fríos en la piel. Salí del coche, apoyé la taza de café en el capó y saludé con los brazos.

—¡Hola! —la llamé.

Eleanor levantó la cabeza bruscamente. La luz era tan brillante que apenas podía verle los ojos.

—¡MAMÁ! —gritó, y vino corriendo hacia mí.

Me volví un segundo para comprobar si el magnífico saludo no iría dirigido a otra persona, pero no había nadie más. Sonreí todo lo que pude y nos abrazamos. Eleanor tenía la piel helada, pero su bienvenida era tan cálida que pensé que me dejaría marcas. Me sentí muy agradecida. Empecé a besarle toda la cabeza y luego me detuve bruscamente. Le deslicé un par de billetes en los vaqueros. Invitó a su amiga a unirse al abrazo, aunque tuve la sensación de que apenas se conocían. Su amiga no era una habitual del jabón, pensé con mezquindad. Al parecer se llamaba Hig y/o Higgy o Higs, lo que curiosamente sonaba a personaje de Beatrix Potter.

—Pronto será… Navidad —dije con tono alegre—. ¿Comemos a eso de las dos y te recogemos a la una y media mientras el pavo descansa? ¡Qué suerte la suya! ¿Qué te parece? Te llamaré por la mañana para recordártelo sobre las once, si no te importa. Haré mi famosa salsa de arándanos y naranja.

Los nervios a veces me ponían en ridículo, como si estuvieran empeñados en que todo se desintegrara.

Eleanor se volvió hacia su amiga, cuya expresión reflejaba incertidumbre.

—Vendrás, ¿verdad? —le dijo.

Higs o Higgy asintió.

—Estupendo —dije yo con tono algo más débil—. Nos vemos el próximo sábado. ¡No desayunéis mucho, gente! ¿Gente?

La mañana de Navidad, Lily vació su calcetín y comimos platitos de beicon y gajos de mandarina y monedas de chocolate, como solíamos hacer Eleanor y yo. Lily me había regalado un juego de mesa hecho por ella misma. Era multicolor, con cuadrados color pistacho, lila y albaricoque, fichas de botones y dos dados rojos y dorados. Algo increíble. El objetivo del juego consistía en ir por la vida acumulando glorias profesionales y familiares. «Tienes gemelos. ¡Felicidades!». Una de las cartas blancas de bonificación decía: «Trabajarás como neurocirujana. ¡Avanza cuatro casillas!».

Llegó la hora de comer. Había comprado el pavo más pequeño del mundo —un *pavinette,* lo llamábamos—, pero seguía siendo un pavo, crujiente y bruñido al salir del horno. Lo coloqué en una bandeja ovalada de flores azules y blancas con el borde dorado que había sido de mi madre y subí el fuego para las patatas. Fuimos en coche a casa de Eleanor, tocamos el timbre repetidas veces, cantamos un espantoso villancico moderno que Lily me había enseñado: «José, María, ¿qué haréis? Cama y desayuno para dos no encontraréis…». Volvimos a llamar al timbre y golpeamos la aldaba, nuestras voces cada vez más frágiles; esperamos fuera durante diez minutos, pero Eleanor no apareció. «Retrocede tres casillas».

No lo hablamos entre nosotras: orgullo, tacto, miedo. Cuando volvimos a casa, nos asaltó un calor excesivo debido al horno, la calefacción, el polvo y el aire opresivo. Todo tenía un aspecto cutre y horrible. ¿Tendría alguna vez fuerzas para pulir el suelo? Abrí la ventana bruscamente. Me permití un momento de rabia, pero no me dejé llevar. Las patatas estaban perfectas, oro de veinticuatro quilates, pero ninguna de las dos tenía demasiado apetito.

—Pobre *pavinette* —dijo Lily.

—Sí.

A las siete Lily se sirvió un vaso de agua, entró en el dormitorio y cerró la puerta. Y luego oí un grito.

Entré corriendo.

—¡Lily! ¿Qué ha pasado?

—Nada —me dijo—. Lo siento. Tenía ganas de gritar, así que he gritado.

A las nueve en punto oí un débil ulular de villancicos en nuestra calle. Bajé y abrí la puerta principal a… ¡Jean! Envuelta en su bufanda roja y verde, presentí que estaba a punto de soltar alguna bromita insufrible, pero se contuvo. Yo no estaba segura de poder soportarlo.

—¿Qué tal en casa de Louisa? —le pregunté mientras subíamos la escalera.

—No ha estado mal. Hemos comido ganso, al parecer tiene más estatus que el pavo. Nunca lo había probado. Izzy hizo el pudin, que sabía como a salchicha, pero ha estado bien en general. Esos chicos son pequeños capitalistas malvados. Han montado un casino navideño y le han ganado a Izzy todos sus regalos, pero los he obligado a devolvérselos. Les aterroriza esa parte mía de juez de la corte suprema. Te alegrará saberlo.

Sonrió. Tuve la sensación de que se lo había pasado muy bien y que estaba teniendo tacto.

—¿Té, café, vino, cianuro?

—No, gracias —dijo—. ¿Qué tal ha ido por aquí?

—Ha ido… —Suspiré—. En fin.

—Las Navidades pasan muy rápido, ¿verdad?

Asentí con la cabeza.

Jean tenía una gran caja blanca para Lily que llevamos al salón mientras Lily casi hiperventilaba.

—¡Qué entusiasmo más educado el tuyo! —dijo Jean.

Dentro, envueltos en un pañuelo verde, había una pequeña cacerola de hierro fundido naranja, una sartén metálica de trece centímetros, una espumadera de esmalte azul y blanco y seis tarros de mermelada con tapas a cuadros rojos y blancos que contenían: arroz, macarrones, pasas, harina (de repostería), harina (común) y lentejas.

Lily sonrió.

—¡Anda! ¡Cosas para cocinar de persona mayor!

Asentí, sonriendo también, pero entonces me la imaginé yéndose de casa con una gran maleta y un impermeable flácido remangado hasta el codo, como una pequeña evacuada. Me agarré las costillas. Nunca he podido dominar las emociones navideñas. Sin embargo, conseguí decirle a Jean:

—Eres buena, joder.

Cuando Lily se durmió, charlamos en voz baja en el sofá, intercalando sorbos de vino con grandes bostezos.

—¿Estarás bien? —dijo Jean.

—Eso espero. —Asentí. Después, tras unos segundos—: ¿Y tú?

—Nunca he creído que hubiera una alternativa.

—Eso es cierto.

—Ninguna noticia de Alan.

—Vaya, lo siento.

—Yo también lo sentía, pero entonces he recordado que durante una discusión me dijo que yo solo me dedicaba a la enseñanza para que me pagaran por tener siempre la razón.

—¡Dios!

—Algo de razón tenía, supongo.

—Sí…, no.

Me miró detenidamente.

—¿Alguna vez has deseado…?

Esperé que siguiera, pero su pregunta se desintegró cortésmente. Entonces, aunque no hubo más palabras, inclinó un poco la cabeza y, de pronto, lo que me había preguntado cobró fuerza y se expandió.

Esbocé una enorme sonrisa.

—Claro que sí. ¡Todo el tiempo!

Jean se echó a reír y yo también me reí y meneamos la cabeza, y lo siguiente que supe fue que me desperté bajo una manta, que eran las cuatro de la mañana y que en la alfombra había una pequeña nota de Jean escrita con tinta verde que decía «Feliz San Esteban, mi genial amiga». Entonces sentí que la Navidad me recorría todo el cuerpo como si tuviera espumillón en lugar de venas, y campanas sonando locamente, y agujas de pino en el pelo. Más vale tarde que nunca. Fui a la cocina, le arranqué una pata al *pavinette* y me la comí con los dedos sobre el fregadero, con grasa resbalándome por la barbilla como Enrique VIII.

El tiempo pasaba; ¿qué otra cosa podía hacer? Lily tenía ahora once años, era una persona fuerte y reflexiva. Su rostro muy nítido, franco y abierto con rasgos regulares y simétricos, enormes ojos inteligentes de color gris azulado oscuro, cabello dorado de aspecto descuidado, extremidades de bailarina. Se trasladó a mi colegio, lo que me hizo feliz. Amor en la oficina, pensé para mis adentros, hasta que una noche me dijo que me sentara y me pidió, formalmente, que la tratara como a todas las demás. «Por supuesto». Nada de arrumacos en los pasillos. ¡Vale! Su seriedad tenía una extraña gravedad que diluía un poco su belleza, lo cual era bueno, pensé. Necesitaba diluirse. Moderarse. Sus grandes ojos tenían unas pestañas tan largas que la gente preguntaba si llevaba rímel. ¿Por qué no comentaban la mirada reflexiva que tenía, las cosas en las que reparaba, su excelente conversación?:

—Ruth, ¿quién, de todas las personas que conoces, dirías que se parece más a ti de carácter? —me preguntó mientras dábamos una vuelta por el supermercado—. ¿Cómo sería un mundo donde no hubiera racismo? —me preguntó con voz grave y seria en el pasillo de las galletas—. Ruth, ¿prohibirías las armas nucleares si de ti dependiera? —Asentí con la cabeza. Me puso la mano sobre la mía que dirigía el carrito—. Yo también —dijo con aprobación.

Se enorgullecía de ser una buena amiga, pero no estaba segura de si se excedía. ¿Se puede ser demasiado leal en la vida? «Su padre le ha comprado un balón pero hace meses que a ella ya no le interesa el fútbol, ¿en qué estaba pensando ese hombre? Bueno, no estaba pensando, ¿verdad?». En momentos así sonaba como si tuviera cien años. Hablaba de las disputas del recreo con una compasión más propia de las cuitas del campo de batalla.

Llamé por teléfono a Jean.

—Mira, Ruth, lo que tienes que recordar es que se trata de una niña cuyo color favorito es el amarillo, una niña que se repinta las uñas de los pies todos los domingos por la tarde; es más, es alguien que rutinariamente añade signos de exclamación al final de su nombre —dijo para tranquilizarme.

Era cierto que sus tarjetas y notitas a menudo iban firmadas con un cálido «¡Besos, Lily!».

—Por cierto —añadió Jean—, ¿debería alguna de nosotras señalar que se considera un error de estilo?

—¡Cállate, Jean! —grité.

Teníamos un teléfono en el recibidor, junto a la puerta principal, y Lily se quedaba allí, sosteniendo el cable rojo en espiral, tirando del hilo de pequeños desaires y disputas hasta que lograba vislumbrar alguna posibilidad de justicia. Adoraba lo correcto. Los canales adecuados: negociación, mediación, reparación. Era una especie de juez del patio. Quizá yo creyese que me reprochaba algo a través de sus consoladoras historias sobre estuches rotos y calcetines de *netball* perdidos. Apenas hablábamos de sus propias decepciones porque ambas sabíamos que eran de otra escala. A veces dejaba el teléfono descolgado para darse un momento de tranquilidad.

—Está resolviendo cosas —decía Jean—. Es de lo más natural. Intenta hacer cálculos, distinciones y mediciones. Me parece muy digno. Y es inteligente. Tu Lily es una joven para quien la dignidad es muy importante. Quiere diferenciar, distinguir. Eso es tener buen ojo.

La hija de Jean tenía un imán de nevera con el lema «No le des más vueltas», que hacía que Jean quisiera cortarse las venas.

Lily se había acostumbrado a dormirse escuchando programas de radio en la cama. Cada noche había uno distinto en que un presentador atendía con ternura a sus fieles oyentes. A Lily le gustaba el del sábado, que se ocupaba de dar respuesta a desastres domésticos de bajo nivel: cómo quitar manchas de vino tinto de las alfombras y tapicerías de color claro, cómo limpiar las juntas envejecidas…, problemas cuyas soluciones solían ser vinagre de vino blanco y cristales de sosa. También había un programa sobre salud, con remedios caseros para la artritis y la gota. Me daba la sensación de que se estaba preparando para la vida. Los padres de Christine tenían en su casa un gran desván de techos inclinados. Una vez habíamos subido en plena noche, algo borrachas. Encontramos una linterna y, cuando la encendí, me quedé asombrada al ver allí todo lo que ella podía necesitar cuando fuera mayor: sillones de flores con cojines hechos en casa, un caballito de madera, estanterías llenas de libros infantiles, una vieja máquina de coser, cuadros que no se consideraban lo bastante buenos para estar en la planta baja pero que seguían siendo impresionantes, una mesa de cocina de formica de color amarillo limón… Era como sus grandes almacenes personales. Cerré los ojos un momento, supongo que por celos, pero también por algo más punzante: aversión porque ella parecía sentirse con derecho a todo.

A veces pensaba en aquel desván cuando oía fragmentos de los programas que Lily escuchaba en la radio. Empezaba a prever su futuro, a llenar su nido de recursos y soluciones. Los lunes por la noche tocaba terapia de pareja para trabajadores con horarios extraños y para insomnes con mal de amores. Eran sesiones bastante adultas; distinguí la palabra «psicosexual». Un par de veces oí que volvía a encender la radio cuando ya debía estar durmiendo y me planteé entrar, pero me pareció bien que tuviera sus secretos. A mitad de trimestre monté una camita bajo la ventana con sábanas limpias y la vieja almohada de rayas azules y blancas de mi madre con un volante. Hasta entonces ninguna de los dos nos habíamos aventurado a usarla, pero me parecía bien que la oferta estuviera ahí. Una noche oí la casete sobre autoestima de Lily aún en marcha mientras dormía, diciéndole, con todo detalle, lo buena y fuerte que era en varios aspectos: «Me quiero y me respeto en mi totalidad. Soy una niña, una mujer y una diosa». No pude sino coincidir. A veces me asustaba su seriedad y su mesura. Sabía que era sincera y contenía en su interior ideas y cadenas de palabras que podían causar un daño irreparable. Tenía todo el derecho a sentirse histérica, furiosa, intimidada o triste, y yo me sabía afortunada de que fuera cuidadosa y tranquila. A veces se mostraba reservada hasta extremos inquietantes. Me habría gustado saber que en su prudencia no había ningún rasgo temerario.

Una tarde me pidió prestada una falda larga, que sujetamos por detrás con imperdibles. Encontró un collar de cuentas de madera sin barnizar. Iba a una fiesta de disfraces. El tema era la persona que querías ser dentro de diez años.

—¿De qué vas disfrazada?

—¿De terapeuta hippy?

—¡Ah!

Cuando me desperté a la mañana siguiente, Lily estaba dormida en la camita bajo la ventana.

A partir de entonces empecé a esforzarme más por llevarme bien con ella. No era necesario, solo una medida preventiva, pero se produjo un desplazamiento de poderes cuando ella entró en la adolescencia y yo me jubilé. Me pregunté cuánto tiempo podría mantenerla a mi lado. Por lo general, la gente no se apegaba a mí. Muchas veces me he excluido sin querer o sin darme cuenta. No soportaría ser irritante para ella. Sabía que para un progreso general, para la paz y el éxito, lo mejor sería que Eleanor se recuperara lo suficiente como para sustituirme. Ese era mi plan secreto. Era lo que todas esperábamos, mi mayor deseo cuando me sentía optimista.

8

Cuando Lily tenía casi quince años, me puse enferma. Me acompañó al hospital. No me gustaba que faltara a clase, pero ella me dijo «Es solo doble clase de mates», se encogió de hombros y me hizo sonreír. Llegamos con siglos de antelación, di mi nombre y en una máquina expendedora compré cafés y un montón de galletas de avena de aspecto sombrío porque se llamaban Brontë. En el pasillo había una exposición montada en marcos blancos: fotografías en blanco y negro de la comida del hospital a lo largo del tiempo: manteles, platos soperos, enfermeras almidonadas, cubertería grabada.

Lily me dio un vaso de plástico con agua helada.

—¿Desea sentarse? —me preguntó, como si yo fuera su invitada.

Los nombres de los pacientes a los que iban llamando parecían absurdos y cómicos: Bea Wrigglesworth, Iona Halfhead…, no podíamos parar de reír. En cierto modo era el desafío de dos colegialas rebeldes que hacían travesuras. Al cabo de un rato un hombre que parecía muy viejo se acercó, se paró frente a nosotras con esa delgadez cerosa que trae consigo la enfermedad, sin hombros ni trasero del que hablar, solo pantalones aunque de los buenos, de *tweed* claro. Su tez era beis, pecosa, casi desgastada. Se dirigió a Lily, lo que me sorprendió.

—Tu madre es muy guapa —dijo inclinando la cabeza en mi dirección.

—Gracias —respondió simplemente ella.

Desde enfermería llamaron a un tal Philip algo. El hombre se sacó una tarjeta blanca del bolsillo y me la puso en la mano. Señor y señora de Norman J. Philips, decía, pero la palabra «señora» estaba tachada y debajo del nombre él había escrito «RIP» con bolígrafo del azul. Eso se consideraba romántico en el mundo del cáncer.

En el pequeño despacho del médico había otras tres personas; fue la primera mala señal de que iba a atenderme un equipo. El médico era inútilmente alto, estresado, distraído y hablaba en un inglés pijo: el señor Ratcliffe. Le di un codazo a Lily: «Lo llamaremos Rataclaf». Se le iluminaron los ojos. El médico sonrió. Era un caballero amable y paternalista, algo sentimental y fanfarrón. Jean habría dicho que pertenecía a ese tipo de hombres que *sabían* que las mujeres, con todos sus sentimientos y demás, no acababan de entender las cosas racionalmente, no estaban del todo «preparadas», no estaban del todo «cualificadas», aunque reconocían que en el lugar adecuado, en ciertas ocasiones, por supuesto, podían ser… «serenas…, decorativas…, útiles». Vestía traje de lana gris y parecía preocupado, aunque era difícil saber hasta qué punto.

—¿Y esta es… —bajó la vista a sus notas— la encantadora Lily?

Lo dijo como si fuera la ayudante de un mago, cuando en realidad, de ser algo, la maga era ella. La magia, más bien. Lily se puso en pie y asumió la estupidez del médico con inteligente dignidad. Es un orgullo para ti, Ruth, me permití pensar. Fue una idea que me lanzó flechas de salud. Rataclaf le estrechó la mano con entusiasmo y fue ella quien finalmente tuvo que retirarla. El médico quería caer bien, lo cual era entrañable a su manera. Empezó a caerme bien, ¿por qué no? Dale a la gente lo que quiere.

Volvió a leer mis notas y se le descompuso el rostro. Evidentemente, lo que nos tenía que decir era monstruoso. La textura de su piel resultaba emotiva; los poros eran de un grano sensible y los tristes pliegues del cuello se desplomaban sobre el de la camisa, al que también le faltaba frescura. Vi que se le había caído un botón de la manga izquierda de la americana. Medio deseé poder cosérselo. Cálmate.

—¿Empiezo yo? —dijo la enfermera jefe. Tenía aplomo y un aire regio.

Me tranquilizó sentir que era ella quien realmente estaba al mando. Ojalá fuese así. Rataclaf asintió débilmente, casi como si se hubiera convertido en el paciente.

La enfermera empezó a darnos el boletín de malas noticias acompañándolo de hábiles movimientos cortantes con la mano, pero suavizando la voz. Yo apenas podía escuchar. Lily escribía deprisa en su libreta, como si hiciera un examen.

—Normalmente las intervenciones de cirugía mayor se hacen los lunes —nos dijo.

—Ah, ¿van a hacerme una cirugía mayor? —Aquel era un modo bastante informal de dar la noticia.

—Así es —dijo Rataclaf—. Probablemente a eso de las once, quizá a las diez y media, quizá antes. A veces empezamos a las diez o a las diez y cuarto. La avisaremos con tiempo, por supuesto. En cualquier caso no podrá comer nada de nada esa mañana, a partir de las cinco o cinco y media. Decimos «desde la noche anterior» solo para simplificar las cosas.

Se centraba en los detalles irrelevantes para evitar poner en primer plano la información más dura. Todo era inverosímil, casi una broma. ¿Iban a quitarme una parte del hombro y sustituirla por parte de la espinilla? No podía ser. Pensé que estaban bromeando, como esa canción que habla del hueso de la cabeza conectado al hueso de la pierna, excepto que, por supuesto, la cosa no va así.

—¿Es una intervención que hayan hecho antes?

—La hacemos continuamente —dijo la enfermera.

Algo es algo. Después seguiría un tratamiento u otro. La patología guiaría. Márgenes. Plazos. Posibles nuevos brotes. La mano de Rataclaf serpenteaba de aquí para allá en pequeños riachuelos despreocupados, como sugiriendo con qué facilidad fluiría todo. Me desconecté —clic— y cerré los ojos. Sería, severa, inquebrantable. Esas actitudes pueden confundirse con valentía. Un carrito lleno de medicamentos traqueteaba de un lado a otro de la sala. Se detenía junto a todas las camas y me imaginé zambulléndome en él, cogiendo medicinas a puñados y metiéndomelas en la boca.

En ese momento Lily se levantó.

—Voy al baño —dijo.

En cuanto salió, me volví hacia la enfermera.

—Lo siento, pero tengo que preguntarles: ¿qué posibilidades hay de que no supere la operación?

—Se lo diré de otro modo —dijo Rataclaf con voz animada—. Las posibilidades de que lo consiga son del cien por cien.

—Pues qué bien.

¡Cómo se reían todos!

—Y estoy ansioso por desearle un feliz cumpleaños cuando cumpla… —miró mis notas— setenta y cinco.

Vale. Me daban cinco años. Lily tenía casi quince, unos meses menos que Eleanor cuando se marchó a vivir con la familia de su mejor amiga. Yo telefoneé a la madre, Cathy Loveday, la noche que se fue. Apenas la conocía. No sabía qué decir. Incluso la puntuación de la nota que Eleanor dejó era ofensiva.

—Intenta no preocuparte. Estas son cosas que pasan. Estamos más que contentos de tenerla aquí si tú estás contenta.

«Contenta» era un término desafortunado. Recordé que había telefoneado a esa misma mujer un año antes, cuando su hija Laura había vomitado en nuestro cuarto de baño. Practiqué antes de llamar; no quería humillarla. «Hola, Cathy, soy Ruth, la madre de Eleanor. Hola hola. Solo quería decirte que Laura está bien y que ha sido de lo más elegante y educada, no ha dejado ni una mancha en la moqueta, pero anoche vomitó bastante. Y después fue muy amable y servicial, pero he pensado que mejor comentártelo de todos modos».

Esperaba que tuviera la amabilidad de recordarlo.

La enfermera quiso saber si tenía más preguntas. Yo acercaría a Lily a la edad adulta, pero no la vería cumplir los veintiuno. No estaría cerca cuando tuviese su propia familia. Ni cuando se ganase la vida como… Eso era demasiado triste, incluso para mí. Me mordí el interior de la boca, que ese día me dolía; la textura irregular, acre y demasiado carnosa. La gente no habla de ello, pero el cáncer tiene un sabor y un hedor que repugna a quien lo padece. Bajé la vista a mi pierna. Lily volvió a la habitación, tímida, con tacto. —Aunque, en realidad, a partir de los setenta y cinco no hay ninguna garantía propiamente dicha, incluso si nuestra salud es…

—¿Puedo preguntar algo? —dijo Lily.

… incluso si nuestra salud es óptima.

—Por supuesto —cantaron tres voces.

—¿Cuánto durará la operación?

—Bueno… —dijo Rataclaf llevándose una mano a su eminente barbilla.

—Bueno… —dijo el joven enfermero.

La enfermera jefe respondió:

—¿De catorce a dieciséis horas?

—No es tanto tiempo como pensaba —dije rápidamente—. Uf —añadí, y luego una palabra que solo había visto en los cómics—: Fiu.

Lily iría a casa de Jean Reynolds un tiempo. Se llevaban bien; sería emocionante para Jean. Se ofrecería antes de que yo se lo pidiera. Me las imaginé a las dos riendo frente al televisor, acurrucadas en el elegante sofá de Jean, comiendo de un plato lleno de pasteles rosas. Doble acristalamiento; calefacción central a tope; alfombras hasta donde alcanzaba la vista. Aparté esa imagen de mi cabeza.

Después, de camino a casa, en la parte trasera del piso superior del autobús que teníamos para nosotras solas, lo cual era un lujo, Lily y yo nos abrazamos y nos mecimos juntas; nos transmitimos un calor inmenso y un feroz intercambio de rayos consoladores, y también emoción y regueros de mocos y quizá una o dos lágrimas, y yo sentí que se me acumulaba el sudor en las axilas y traté de no pensar en el horrible sabor de boca que tenía. Si hubiésemos hablado, habría sido para disculparnos mutuamente sin parar y luego para disculparnos por disculparnos («para nada, no no no, en absoluto, no no, nada, faltaría más…»), hasta que se levantara una altísima torre de tristeza entre nosotras al reconocer, a saber por qué, que nuestras vidas eran difíciles comparadas con las de otras personas. Claro que salíamos adelante porque éramos fuertes, porque éramos valientes e inteligentes, aunque, para ser sinceras, parecía un poco excesivo.

Esa noche soñé que mi enfermedad curaba a Eleanor. Teníamos cinco años para lograr que se pusiera bien. Era desalentador. Hacía casi ocho meses que no la veíamos: un domingo las tres habíamos tomado un té rápido en un café vacío cerca de Camden Lock; Lily y yo compartimos un trozo de tarta paraíso. En el sueño había un balancín en una zona verde y yo veía que mi figura se iba haciendo más pequeña y más liviana y más oscura y más arrugada mientras ella se volvía más suave y más clara y más sustanciosa. Si yo me desmoronaba, ¿eso la motivaría de alguna forma? Ese era mi plan, si es que se podía llamar plan a una esperanza desesperada del tamaño de un sello de correos.

Ocho días antes de la operación fui a una reunión de familias afectadas por las drogas. Había hablado de esa posibilidad con Jean en Nochebuena. Estábamos cantando villancicos con otros profesores, con Lily al violín y dos amigas suyas. Jean se había puesto unos siete abrigos, lo que la hacía más ancha que alta. El pelo corto color platino le llegaba en forma de comas hasta las mejillas y daba la impresión de que estaba iluminada por la luna.

—La cuestión es, Jean, que he hecho las cosas mal y ese será mi castigo — susurré haciendo sonar mi pandereta sin mucho entusiasmo.

Y Jean dijo:

—Te daré un bofetón si vuelves a decir algo así. No olvides cuánto lo aborreciste la última vez que se te ocurrió asistir a una de esas reuniones. —Pero luego me abrazó, la única vez que lo ha hecho.

—No me sueltes, no me sueltes. —Seguimos abrazadas durante casi un minuto—. Probablemente esto haya hecho más por mi salud que cualquier operación —susurré.

Una lágrima suya se deslizó por mi clavícula. Aunque quizá se debiera al frío, por un momento pensé que iba a decirme que me quería, pero no. Se me ocurrían unas ideas loquísimas. Volvimos a *Good King Wenceslas* desafinando, pero entusiastas.

—Las cosas no acabaron bien para él —susurró Jean.

—¿De qué estás hablando?

—Del buen rey Wenceslao. Su hermano lo asesinó, por si no lo sabías.

—¿Ah, sí? —Jean lo sabía todo—. ¿De veras?

Jean asintió.

—Ve a la reunión si crees que puede ayudarte, pero no porque necesites atormentarte más.

Tomé dos autobuses para llegar a un viejo salón en Chelsea. Era viernes a la hora de comer, las campanas repicaban y niños diminutos vestidos de amarillo burbujeaban en la boca de la iglesia; quizá se tratara de un baile escolar o el ensayo de una boda. Bajé unos anchos escalones de piedra, de los que te matan si tropiezas. Había allí veinte mujeres y dos hombres, una tetera, tazas floreadas y varias galletas colocadas en círculo en un plato color marrón mierda. Me refugié en un rincón un par de minutos, luego me senté en uno de los pupitres que formaban una herradura y arrastré mi silla hacia atrás, de manera que las patas de metal chirriaron en el débil parqué. Un hombre estaba al mando, cómo no. Me situé al borde de las cosas. No me habléis y no os acerquéis a mí; pretendía irradiar fiereza e individualidad; transmitir que no estaba abierta a la burda compasión.

Cuando oía frases sueltas, relatos de fatalidades donde se subrayaban detalles extraños —hijos díscolos desaparecidos, tarjetas robadas, ver el extraviado anillo de diamantes de tu difunta madre en un cojín de terciopelo azul en el escaparate de una casa de empeños (eso era muy Chelsea)—, la competición por la miseria expresada como alarde, seres queridos que habían perdido sus trabajos, sus casas, sus hijos, sus vidas, no podía evitar sentir que esas personas que imponían hechos y orden al caos se estaban menospreciando a sí mismas. Yo no buscaba amigos, pero la superficialidad de aquello me consternaba. Había un tópico tras otro, expresiones como «montaña rusa emocional» que inevitablemente indicaban que la gente era insulsa o que no decía toda la verdad, y ninguna frase que contuviera esa expresión llegaba a buen puerto. Al parecer, yo no tenía compasión. No me entendía a mí misma; era tranquila, apacible.

La tesis central de la tertulia afirmaba que lo mejor que se podía hacer era no mortificarse excesivamente por esa persona y su estela de estragos; nuestro trabajo consistía en salir adelante lo mejor posible y construirnos sin ella. ¿Para eso había cogido dos autobuses? Había que dejar claro a la persona adicta que, como ella había tomado una serie de decisiones que no podíamos apoyar, decidíamos que no formase parte de nuestra vida. Pero hablar de decisión era un profundo malentendido. Todas las demás personas suplicaban a sus madres ayuda, limosna, esperanza, aprobación, dinero o migajas variadas de esas cosas. Eleanor no nos quería en su vida. Nos había rechazado. Desprecié a las otras mujeres de la sala y su complacencia. Gente totalmente derrotada. ¡Cómo podían llamar «literatura» a los panfletos que repartían y vendían en una mesa auxiliar! Todas creían que la respuesta era la aceptación. Eran engrudo humano, descerebradas, paralizadas, parlanchinas y robóticas con sus alegres vestidos estampados y sus labios apretados. Vi lo peor de mí misma en la multitud allí reunida. Era repulsivo. Yo era repulsiva.

La mujer que estaba a mi lado contaba la muerte de su hijo. Hablaba y hablaba, con voz entre lapidaria y enloquecida. Yo no necesitaba cosas así. Me pregunté qué diría si me decidía a hablar.

—Ahora todos estamos en paz —dijo la mujer—. Se acabó. Y estoy sumamente agradecida.

Quise abofetearla. Era inhumana.

Yo podía intentar decir algo. Ensayé unas líneas mentalmente: «Mi hija no puede o no quiere ser madre de su hija. La inmensidad de vergüenza, pena y desesperación que eso me causa es inexpresable. Espero que algún día las cosas cambien. Ahora tengo cáncer. Así que... es nuestra última oportunidad».

Levanté la mano para hablar y el líder asintió con la cabeza. Abrí un poco la boca. Mi voz se quebró ligeramente y oí cómo anunciaba a la sala:

—No puedo soportar que ella no quiera ser mi hija.

Después solo oí unos sollozos desgarradores que apuñalaban los ecos fantasmales de la música nupcial procedente de la iglesia de arriba. Sentí que me sonrojaba, que sacudía la cabeza de un lado a otro, salpicaduras de vergüenza. Sentí que el desdén y el bochorno de los demás me atravesaban el cuerpo. Nadie me tendió la mano. La gente decía que el amor y el trabajo eran las cosas más intensas de la vida, pero yo me pregunté si no era más preciso decir el trabajo y la pena.

Di la espalda a la reunión y subí rápidamente los peldaños hacia la luz del día. Me abrí paso entre la colorista celebración nupcial. Las campanas de la iglesia estallaron en el aire. De pronto me encontré cara a cara con la novia vestida de encaje, que no parecía mayor que una de mis alumnas de sexto. Estaba radiante y temblorosa, con ramitas de cerosa flor de azahar formando una diadema en el pelo. Me preocupó que mis lágrimas pudieran angustiarla, pero tal vez las tomaría por lágrimas de alegría. No supe qué decirle, así que le hice un gesto con los pulgares hacia arriba. En el autobús de vuelta me limpié el confeti de las solapas y el arroz del flequillo. Ojalá Eleanor pudiera enamorarse.

Cuando entré en casa, Lily ya había vuelto del colegio y estaba limpiando la nevera con determinación. Había algo muy gracioso en ver a una niña con uniforme escolar, delantal y guantes de goma blandiendo un paño de cocina.

—¡Mi heroína! —la saludé.

Sonrió.

—Eleanor va a venir —dijo con despreocupación—. Así que…

—¿Qué? ¿Viene aquí? ¿Hoy?

Llevaba varios años sin venir al piso.

—No sonaba muy mal por teléfono. Quiere ayudarnos, creo. Eso es lo que ha dicho; ha dicho: «¿Qué puedo hacer?». Le he informado de lo de la operación. He pensado que debía saberlo. Que era lo que había que hacer. Ha dicho que vendrá pronto.

—¿La has llamado? ¿Sin más?

—Sí. Es algo que yo querría saber. Si fuese ella.

—Ah, comprendo. ¡Bien, claro! Bien pensado. Muchas gracias. Siéntate, te he preparado un té verde —dijo—. Lo he comprado en la tienda de dietética. Es muy curativo, según la caja. Aunque supongo que es lo que suele decirse. Pero estaba en oferta especial, un cuarenta por ciento de descuento.

—Una ganga. Podría acostumbrarme a esto.

—He hablado con la mujer de allí.

—¿La mujer grande? ¿Tessa?

—Sí. ¡Me ha preguntado si quería un abrazo!

—¿Eso ha dicho? ¿Lo has hecho?

—Ah, y me ha dicho que deberíamos dejar de tomar productos lácteos. En su opinión. —Estuve tentada de decir: «¡Será bocazas!», pero me contuve.

—¿Crees que Eleanor tendrá hambre? —me preguntó Lily.

—No lo sé.

—¿Qué hora es?

—Las cuatro y treinta y siete.

—Vale.

—¿Y ella sonaba…?

—Sí… Creo que sí. Sonaba…, no sé, ¿formal? Si eso tiene sentido.

—Vale, eso es bueno. ¿Hago un pastel o algo así? Creo que tenemos los ingredientes. Es una ocasión bastante especial…

—¿Tú qué crees?

—En el colegio hicimos uno la semana pasada, de limón y coco. Estaba muy rico.

Entró en su habitación y volvió con una carpeta amarilla. Sacó una hoja impresa, la leyó y empezó a medir ingredientes en pequeños cuencos: azúcar, mantequilla, harina. Me encantaba su rigurosidad.

—Aunque a lo mejor no viene —dijo.

—Bueno, es posible.

—Pues creo que lo dejo.

Volvió a volcar con cuidado la harina tamizada en el paquete, dobló tres veces los bordes azules y blancos, volvió a meter el azúcar en el tarro esmaltado, levantó con orgullo la mantequilla con el cuchillo y la encajó de nuevo con el resto en la tarrina. Lavó y secó los platos y los guardó.

—Eres encantadora y sensata —le dije.

Puso los ojos en blanco, un gesto sano. Sacó los deberes. A saber cómo se las arreglaba para dedicarles dos o tres horas todas las tardes, llevaba así años. Su determinación me inquietaba, aunque también me producía admiración. Me preocupaba que se tratara de algo desproporcionado, de una demostración de fuerza mal aplicada. Era una especie de coraje, supongo, una energía moral, pero quizá estuviera respondiendo a una ecuación falsa, porque daba mucho más de lo necesario. Ojalá de vez en cuando tuviera un tono más ligero, aunque respetaba sus decisiones. La forma en que se organizaba no era superficial, sino profunda. Ella era profunda. Aunque quizá hubiese una pizca de reproche contra mí.

Sabía que los profesores no siempre apreciaban como deberían a las alumnas más trabajadoras. Como todo el mundo, se sentían atraídos por las chicas alegres y despreocupadas que charlaban y reían. Se dejaban influir por las miradas y la ligereza pícara, aunque ellos —nosotros— no quisiéramos admitirlo. Un hecho poco conocido era que los profesores a veces se avergonzaban de las alumnas abiertamente concienzudas. Yo misma me reconocía culpable de eso. El deseo de estas chicas por complacernos podía provocar incomodidad y claustrofobia. Era demasiado íntimo, demasiado cargado. Querían de nosotros algo —atención, validación, aprobación— que deberían recibir en casa. A veces me preocupaba que Lily entregara sus deberes como si se tratase de un regalo formidable que se perdería en un sistema de calificaciones donde no cabía una respuesta que fuera mucho más allá de las modestas exigencias de las preguntas. De vez en cuando Jean le transmitía los elogios que le dedicaban sus colegas en la sala de profesores. Por su trabajo impecable y su adorable personalidad. Nadie se quejaba de pesadez, pero mencionaban lo animada que era. Un placer enseñarle. Posiblemente me preocupaba demasiado.

Eleanor no apareció, pero pasamos una agradable velada jugando al rummy y en la nevera encontramos unos caramelos blandos que usamos para apostar. Parecía una celebración: los largos brazos rosados de Lily barajaban con suma delicadeza; el brillo de los diamantes y los corazones. El té que bebimos era empolvado y relajante. La enfermedad lo acentuaba todo, daba más valor a lo que me rodeaba. Me recordaba a cuando llegué a los dos tercios del embarazo, antes de que apareciera el agotamiento, ese momento en el que el mundo parecía repleto de esperanzas y promesas: los verdes de los árboles deslumbraban con su luminosa frescura vegetal; las arrugas del vendedor de periódicos de la esquina, enmarcadas por titulares febriles, parecían poéticas; el rojo de un autobús de dos pisos me parecía intenso y optimista, aunque no fuese el que yo esperaba. Últimamente pensaba a menudo en mi madre aferrándose a la vida para poder presenciar la llegada de Eleanor. Siempre había tenido que esforzarse para vivir. Para ella no era algo natural.

—Siento que Eleanor no haya venido —dijo Lily a la hora de acostarse.

—Bueno…, me lo he pasado muy bien.

—Sí.

—Lil, ¿sientes a veces que te gustaría que hablásemos más de ella?

—¿Te gustaría a ti?

—Si tú quisieras.

—¿Piensas muy a menudo en ella?

—La siento continuamente. Pero llevo así tanto tiempo que supongo que a veces intento apartarla de mi pensamiento.

—¿Crees que es lo que yo debería hacer? —me preguntó.

—No necesariamente.

—¿Crees que es feliz?

—Bueno…, está ocupada. Tiene una especie de pasión que define cada uno de sus días. De ese modo todos los días tienen un propósito y tiene amigos que viven como ella, con los que planea cosas y luego se relajan juntos, así que seguro que habrá buenos momentos en los que se siente tranquila y a gusto. Espero. Quizá un poco floja, como cuando has trabajado mucho y te apetece un buen descanso. Pero me pregunto si no la entristece no utilizar más su talento, no ser capaz de expresarse, porque es inteligente y podría hacer cosas asombrosas si… Es difícil saberlo. No es fácil saber qué hace que una vida sea feliz.

Lily sonrió.

—Estoy leyendo un libro sobre madres distanciadas de sus hijos.

—¿De veras? ¿De dónde lo has sacado?

—Es muy triste.

—¿Puedes contármelo?

—No quiero disgustarte.

—Puedo soportarlo. Quizá ayude.

—¿Porque tú también estás distanciada de tu hija?

Asentí.

—Soy la única persona de esta familia que no está distanciada de su hija —gritó Lily de pronto—. ¿Qué esperanzas tendrá la mía?

—Lily, cariño, yo…

—Lo siento, lo siento, lo siento. —Se recuperó rápidamente—. ¡Qué tonta soy! Si ni siquiera tengo una hija, ¿verdad?

—Eso supongo.

Le cogí la mano y le di un beso. Se acostó a mi lado.

—Hay tanta presión —dijo.

—Sí, la hay.

—En el libro…, el libro habla mucho de la vergüenza.

—¿Ah sí? ¿Qué dice?

—Lo he anotado. Espera un momento. —Acercó la mochila escolar y sacó su cuaderno—. Dice: «La vergüenza nos impide recibir amor de nuestra pareja, amigos o familia» y «La vergüenza nos separa de los demás porque la percibimos como incomunicable y, por tanto, nos obliga a ocultar partes importantes de nuestro ser».

Asentí.

—¿Qué opinas? —me preguntó.

—Bueno, entiendo que alguien piense así, que tenga esas ideas. —Respiré con cuidado. Era una conversación que yo no sabía mantener.

—Una de las cosas más tristes del libro es cuando el marido de una mujer la obliga a abandonar la casa familiar porque…, ahora no me acuerdo, pero le permite volver domingos alternos durante cien minutos; y un día, en una de esas visitas, su hija le dice: «Mamá, ojalá yo también pudiera divorciarme de ti».

—Dios mío.

—Son palabras muy duras.

—Sí, lo son. Aunque…

—El libro dice que ser una madre distanciada de su hijo deja unas cicatrices profundas.

—¿En los hijos?

—No, en las madres.

—Ah. ¿Dónde encontraste ese libro?

—Estaba de oferta en la tienda de dietética, junto a la caja. La señora me dijo que podía leerlo si lo trataba con cuidado para que ella pudiera venderlo después.

—Comprendo.

—Estaba al lado de la miel de manuka.

—¿Esa que es tan cara?

—Sí. —Lily apartó la vista—. ¿Crees que Eleanor sigue en contacto con mi padre?

—Creo que no, pero ¿quieres que preguntemos?

—A lo mejor.

—¿Quieres seguir leyendo? ¿Quieres que lo leamos juntas?

—No estoy segura.

—Vale. Como veas. No hay prisa.

Lily reflexionó unos instantes.

—¿Sabes?, siempre te estaré muy agradecida por todo lo que has hecho por mí.

Sonreí, le besé la cabeza, salí de la cama y me fui de la habitación. Empecé a llorar descontroladamente. Me encerré en el baño para que no me oyese. Me agradecía que la hubiese criado.

Dios, qué cosa tan terrible. Me quedé temblando, apoyada en el lavabo, viendo en el espejo mi creciente desesperación. Encontré una de las pastillas que Rataclaf me había recetado para la angustia, la partí y me tomé las dos mitades.

—Todos los que pasan por esto lo experimentan de vez en cuando —había dicho para tranquilizarme—. La ansiedad y la depresión aparecen con esta enfermedad. Es inevitable. Lo siento.

Me quedé mirándolo incrédula.

—¡He tenido ansiedad y depresión toda mi vida!

La pastilla tardaría un poco en hacer efecto. Me hablé con una banda sonora de arrullos consoladores, como si fuera un bebé; pero el bebé siguió berreando.

De pronto había visto a Luke en los ojos de Lily. Fue una conmoción para mí. Nunca me había pasado antes. Lo que había identificado era algo frío; no exactamente frío, más bien la sensación de desequilibrio que se produce de forma natural cuando acudes a alguien para algo importante y eso sesga todas las proporciones, agranda a la otra persona mientras tú te vuelves apenas perceptible.

Aquel verano me acosté cinco veces con Luke. Recuerdo claramente cada una de ellas. La ropa que él llevaba, lo que comimos después (o antes). El espesor del cielo —aquel agosto el calor estaba lleno de polvo— y otra vez un cielo completamente incoloro, irreal, todo el día una nube pesada, cansada e hinchada, que luego se rompió y a las cuatro se volvió gris carbón antes de que llegase el trueno y una furiosa tormenta. El aire distraído de Luke, su aburrimiento estival —Christine estaba en casa de su madre con los niños; llevaban un par de años separados— transmitía que, en cierto modo, no había un propósito en su vida. Le producía una vertiginosa incredulidad que yo lo hubiese aceptado pese a tener un vínculo tan antiguo con su mujer, desde nuestros días escolares. Mi traición a Christine lo abrasaba. Y me hacía más valiosa, sin duda, aunque ella y yo llevábamos años sin vernos, ya que con los hijos y el poco tiempo que dedicaba al trabajo no tenía espacio para mi amistad. Eso había sido un poco doloroso. Recuerdo los breves murmullos indescifrables de Luke, la extraña sensación de que había en el aire un espíritu más deportivo que romántico. Lo que empezó como asombro se convirtió en algo más parecido a una ligera ironía. Dos personas solitarias en una ciudad abrasadora, vacía de realidad.

Una noche había quedado con un amigo y Luke estaba en el grupo con otra persona; se fueron marchando uno a uno hasta que nos quedamos los dos solos. Luke acercó una cerilla al corcho de la botella que estábamos bebiendo y dejó que se carbonizara y se enfriara antes de dibujarnos barba y bigote. Así fue como empezó. Su mano a un lado de mi cara dibujando, el seco roce del corcho. Nos dibujó barbas rusas, a juego, con florituras y acabadas en punta. ¿Pretendía que fuésemos payasos? ¿Pintores surrealistas? Le dije que se parecía a Tolstói. Quizá un Tolstói dibujado por Picasso, sentado junto a un sombrero de copa. Eso le hizo sonreír. Apenas podía verle a la luz parpadeante de las velas. Dijo que mis ojos eran como estrellas tímidas.

—¡Pero si eso no existe!

—Eso es lo que tú te crees.

El sabor amargo del carbón agudizaba mis sentidos.

No sé por qué lo hice. Yo no estaba muy viva en aquella época, él transmitía una vida increíble y yo quería un poco. Me sentía en una especie de trance. Mi madre agonizaba —ya estaba enferma y luego contrajo una neumonía— y había vacaciones escolares; como yo no trabajaba me pasaba los días a su lado, intentando que se aferrase a la vida. Las cosas habían sido difíciles para ella y yo estaba decidida a que la muerte no lo fuera. Seguía intentando compensarla por todo lo que había sufrido en su juventud. Claro que cuando cuidas de una persona que se encuentra al final del camino aprendes más sobre la muerte de lo que debería saber alguien vivo. La conmoción y las heridas que producía se me metían en los tejidos; las radiografías de consternación, las últimas necesidades del cuerpo se unían a la indignación de que eso estuviese ocurriendo y la vergüenza de no poder evitarlo, la impotencia, hasta que se acababa maldiciéndolo todo porque comprendías que una de las principales realidades de la vida es que no podemos evitar nada de nada. Y también ver a alguien casi desvanecerse, la piel tensa como pergamino traslúcido, los huesos visibles, el pelo cada vez más pálido como si las propias hebras estuvieran colapsadas. Se tarda mucho en olvidar escenas así. Tal vez nunca se olvidan. Al principio, no hubo más.

Con él las cosas no eran domésticas. No había muchas sonrisas ni detalles, era más de ir al grano. Había franqueza. Todo era lo que parecía. Tenía la sensación de que Luke habría huido ante cualquier muestra de gratitud. Creo que él quería creer que yo había tenido que romper algo profundo en mí para hacer aquello. No se daba cuenta de que la inminente muerte de mi madre ya era tan demoledora para mi ser que nada tenía mucha solidez. Aun así, alivió parte del dolor.

El milagro fue que mi madre superara la neumonía; eso nadie se lo esperaba.

—Tan menuda y tan luchadora —dijo el médico. Mi madre se había situado en una categoría superior a la que él le había adjudicado. Una familia fuerte, juzgó. Eso me encantó. Tal vez yo la había revivido a mi manera, si eso es posible; vertí algo de mi fuerza vital en ella, el alto voltaje de mis noches locas alimentó su resistencia y mi deseo. Todas las tardes le preparaba sopa en su piso. Calor, lágrimas, esperanza vegetal: esa primera parte del duelo en que la persona aún no ha muerto y nos sentimos un poco más vivas de lo que podemos soportar porque las existencias escasean. Una euforia condenada, maldita: todo concentrado y eléctrico. Y, claro está, empiezas a pensar locuras, como que si esa sopa fuese la mejor sopa de la historia de las sopas, quizá ganarías la partida; si picaras la cebolla, el apio y la zanahoria en dados diminutos y recorrieras tres kilómetros ida y vuelta hasta el mercado con bolsas pesadas porque las espinacas de allí eran las más verdes que habías visto en la vida, y baratas. Si añadías a la sartén un poco de tu pulgar rallado con la nuez moscada. Una sopa buenísima podía mantener viva a la gente. La mía lo hizo. Había pruebas: mi madre vivió durante la mayor parte de un año. Fue un pequeño milagro. Pude acercarle los dedos de las manos y los pies de Eleanor unas cuantas veces, justo al principio, justo al final. Curiosamente, cuando estaba cansada y se me emborronaba la mirada, parecían casi iguales. Tal vez por eso mi madre seguía con vida. Sí que tuve la sensación de que las cosas se completaban.

A veces Luke ponía un disco: Miles Davis, Duke Ellington. Una noche trajo dos botellas de champán y nos emborrachamos con extravagancia. Era la cuarta vez y todo era más despreocupado. Él llevaba una camisa a cuadros. En esa ocasión me permití admirar sus miembros musculosos, sus anchos hombros, esas cosas. No era un hombre que sonriese a menudo, pero cuando lo hacía transmitía una sensación de luz solar y reparación. Después dormimos abrazados durante ocho horas seguidas. Por la mañana tenía una cara simpática bajo el pelo de aspecto asustado. Alargué el brazo para alisárselo. Sentía que su admiración por mí iba en aumento. Los dos bebimos grandes tazas de té de medio litro y preparé unos huevos antes de irme a casa de mi madre. Le gustaba que fuera ligera en todo, sonriente, de opiniones suaves, despreocupada. Pero por debajo de eso me quería tierna en lo que concernía a mi personalidad; así debía ser una mujer, con una valentía inteligente, una imaginación cuidadosa para las dificultades de los demás, risa suave, delicados instintos femeninos. Con sentido del deber. Como cuando un médico dice con amabilidad mientras aprieta con los dedos: «¿Aquí duele?». Así. Él podía hacer la vista gorda ante un poso de tristeza siempre que no fuera cursi, pero la ira le habría parecido antiestética. En cierto modo, era como un niño pequeño a quien siempre habían idolatrado.

Yo esperaba que aquello se convirtiera en algo más. Dos veces al mes, ¿podría él permitirse eso, solo pasar a verme, abruptamente si era necesario, aunque fuera para tomar una taza de té y charlar de forma amistosa si eso era…? ¿Una vez al mes? Sabía que no estaba bien pedirle nada. Puede que lo amara. ¿Unas cuantas veces al año? Creo que a él, al principio, lo que le fascinó fue que me había tenido en mejor concepto. Estaba escandalizado. ¡Yo era un ídolo con pies de barro! Y cuando Christine volvió de casa de su madre, mantuvimos las distancias, aunque ellos ya no estaban juntos. Cuidar de mi madre con un bebé creciendo dentro de mí hizo que perderla fuera un poco más fácil. También la hizo feliz. Y eso tenía una gran importancia.

Había habido un momento de gran romance entre nosotros, o algo que se le parecía. Lo que ocurrió fue que una noche le telefoneé tarde. Me había pasado todo el día conteniéndome y todo el día sabiendo que lo haría. Aquella noche ya tenía una textura extraña, el cielo seguía luminoso a las nueve, apenas sin nubes ni viento, pero con una extraña sensación de creciente presión. Esperé a que mi madre conciliara el sueño y luego esperé a que durmiera profundamente. Se había tomado su sopa, sus natillas y todas sus medicinas.

—Hola —dijo.

Estaba aburrido, supongo, probablemente un poco borracho, y aunque no solía molestarse en derrochar encanto —no lo necesitaba—, aquella noche sí se molestó. Le oí servirse una copa y darle una calada al cigarrillo. Recuerdo que bromeó diciendo que todas las cosas buenas vienen de tres en tres y que yo era la tercera, lo cual me hizo reír porque todo el mundo sabe que son las desgracias las que llegan en tríos. Noté una gran sonrisa en su voz, como si yo, el hecho de que yo penetrara en su vida a altas horas de la noche, fuera un pequeño lujo. Le apetecía compañía femenina. Pensé que pediría o exigiría una razón o excusa por haberle llamado, pero no lo hizo. Fue un rato muy agradable. Charlamos distendidamente unos minutos sobre no sé qué. Y luego:

—¿Eres feliz con tu vida? —me preguntó.

Cerré los ojos. En ese momento, mientras hablaba con él, tuve la extraña sensación de que era muy feliz, no solo más feliz de lo que había sido nunca, sino más feliz de lo que nadie había sido jamás. Se lo dije y me pareció que esa noche me vio de verdad por primera vez, aunque solo estábamos hablando por teléfono. Le gustó mucho que se lo dijera. Cuando la gente espera que empieces a lamentarte de tu tristeza, decir que te sientes de maravilla puede hacer que te quieran de verdad.

Al final de la llamada estaba segura de que vendría a vivir conmigo. Era lo que él deseaba, pero había un grueso entramado de asuntos que debía resolver primero, lo que llevaría su tiempo, y yo debía ser paciente. Eso, y madurar un poco para él, fue mi sensación. En cualquier caso, era evidente que estaba preparado para volver a la vida doméstica. La echaba de menos. Un amarre. Estuve a punto de contarle lo del bebé que iba a nacer, pero no quise estropear las cosas cuando todo iba tan bien. Mi madre pasó una mala noche pero apenas me entristeció. Pasé todo el día siguiente sumida en un sueño enloquecido.

Tras el nacimiento de Eleanor nos vimos a cuentagotas hasta que ella cumplió dos años y él cortó definitivamente. A veces recordaba el formulario que yo había firmado diciendo que no esperaría nada más de él aparte del dinero y el pequeño cuadro de Sickert. Luke había dado todo lo que podía dar y quería su intimidad. Antes yo siempre estaba esperando. Sus pasos, cuando llegaban, eran casi silenciosos en la escalera. Un suave golpe en la puerta a altas horas de la noche, sin previo aviso. Siempre cuando todo estaba tranquilo en los otros aspectos de su vida. A menudo se mostraba impaciente cuando llegaba, como si yo le hubiera hecho esperar o hubiese ido a verlo en un momento inoportuno. Estaba inquieto. Yo me sentía tímida en su presencia, algo intimidada. Una vez apareció con una sandía y la partió por la mitad de un solo golpe, usando el cuchillo del pan como si fuera una espada, y nos la comimos en grandes trozos fríos en la cama, riendo, escupiendo las pepitas, sin que nos importara la suciedad.

Cuando descendía sobre mí de la nada, alto y libre, veía lo que eso tenía de halago. Pensaba en él como en un familiar largo tiempo perdido. Un marinero que llegaba a puerto —agitado, la frente sudorosa— y necesitaba un lugar tranquilo donde descansar. Era una buena compañía. Y me resultaba difícil sentir que se lo estaba robando a alguien cuando había tantas pérdidas en el aire.

9

Yo estaba reduciendo las cosas, cerrándolo todo. Pasaba días revisando fragmentos de papel. Fragmentos de mí misma. Había cartas de Eleanor que debía quemar. Cartas a mi padre sin enviar que no recordaba haber escrito, tan extrañas, de cuarenta años atrás... Una feroz correspondencia fantasmal, que ni siquiera sonaba a mí. ¿Cuándo aprendí que cuanto más necesitas de la gente, menos te darán? Muy pronto. Encendí una cerilla y contemplé la llama azul que saltaba sobre las finas hojas cubiertas de imprecaciones escritas con bolígrafo negro. Me sentí como una anciana en una novela americana, desconcertando a biógrafos impertinentes; el irónico final: extinción, venganza. ¡Arriba se iban! El papel se ennegreció y se desmigajó. Los fragmentos carbonizados flotaron en el aire. Curiosamente, quemar cosas era algo muy potente. Entendí por qué la gente le cogía el gusto. Aunque también era una labor solitaria y privada, una respuesta anárquica a una emoción intolerable.

Había un kebab cerca de donde vivíamos, un local familiar muy cálido tanto por la parrilla al fondo del comedor alargado como por el corazón de la mujer griega, Lena, que lo regentaba. Me acerqué hasta allí. Era el lugar perfecto adonde ir después de todo un día dedicado a destruir cosas. Lena estaba en la puerta, protectora, benévola. Extendió los brazos. Transmitía un valor increíble, tal vez por todo el tiempo que había pasado cerca de carbones al rojo vivo.

Dejé que me envolviera. La respiré: carne carbonizada, agua de rosas, orégano, piel suave y pecosa. Tuve la sensación de que se me perdonaba. Lena había conocido a Eleanor de pequeña y me servía unas enormes raciones de madre lactante cuando, tras la muerte de la mía, acudía hambrienta los sábados por la tarde. Al parecer, yo era la única persona a quien la pena le abría el apetito. Subía con el cochecito los tres pequeños escalones y esperaba que el olor de la carne a la parrilla no despertara al bebé. Siempre comía lo mismo en la mesa de la esquina, la oferta especial: dados de cordero, quemados por fuera y rosados por dentro, con patatas fritas, arroz, pan de pita, humeantes cebollas, ensalada picada, yogur con pepino y una taza de té inglés. Eso me mantenía un par de días. Comía por tres.

Lena también conocía a Lily. Le daba piruletas moradas envueltas en celofán, y también me conocía a mí, sabía que la vida no me iba bien. Era muy respetuosa con el dolor de la gente; lo honraba, pero siempre desde la falta de curiosidad.

Noté humedad allí donde el brazo se unía al cuello. Lena lloraba literalmente en mi hombro. Me alegró que sintiera que podía hacerlo. Dimitri, su marido, estaba sentado en una silla junto a la caja bajo un flexo gris, escribiendo cifras en pulcras columnas en un cuaderno de tapa dura, la cara arrugada y afligida en las sombras, mientras ella mantenía animado el ambiente del restaurante. A veces me parecía que eran una persona dividida en dos. Su tragedia era que su hijo había muerto hacía tres años. Una noche, una mañana, simplemente no se despertó. Tenía cuarenta y dos años y ninguna enfermedad, un misterio, síndrome de la muerte súbita del adulto, dijo el periódico local. Toda una rama de la vida de sus padres, la rama principal, cortada. Fui al funeral; al final hice cola casi una hora para inclinarme y besar el ataúd. Me alegró ver que había sido una persona popular: muchas chicas bonitas con bonitos vestidos.

Sabía que todos los días, de camino al trabajo, se pasaban por el cementerio para ver cómo estaba. Las personas no dejan de vivir por estar muertas, no del todo. Todavía necesitamos quererlas, preocuparnos por ellas, consolarlas, animarlas, mimarlas. Decirles cuándo se equivocan. Si Eleanor muriese…, yo entendía las oraciones por los difuntos más que cualquier otra cosa que pudiese ofrecer la religión.

El llanto de Lena se intensificó. Había algo en mí que lo hacía posible en ella. Éramos imanes para nuestros dolores ocultos. Probablemente podía olerme el cáncer. Cuanto más tiempo pasaba tras la pérdida de su hijo, la conmoción disminuía pero el desconsuelo se manifestaba con más fuerza. Había abandonado la esperanza de un alivio. Esto lo era. Sin embargo, el restaurante prosperaba. El ambiente de tristeza era inconfundible, pero la gente triste necesita un lugar donde disfrutar. La comida estaba pensada para reconfortar y aliviar. Una comida sustanciosa servida en un plato ovalado era casi bíblica, desde algunos ángulos. Eran una familia religiosa, griegos ortodoxos. Eso ayudaba, hasta cierto punto.

Si era un poco repugnante por mi parte coleccionar madres de hijos muertos, no iba a disculparme. Estas personas venían a apoyarse en mí de forma natural; detectaban un sentimiento de compañerismo, intensos arrebatos de vergüenza y orgullo herido; porque es el deber más básico de la madre, el peldaño más bajo —¿verdad?— mantener al hijo con vida. En la tintorería había una mujer, la señorita Alex, cuyo hijo, Ravi, había muerto en un accidente laboral. Treinta y ocho años, padre de tres hijos, un ciudadano modelo, decía ella, lo que siempre nos hacía reír a las dos, como si fuera un Action Man o algo así, un entusiasta de la bisutería masculina y de los jerséis de punto de cuello redondo (solo limpieza en seco). La otra abuela monopolizaba a los nietos, eso era lo peor, en realidad. En el piso de abajo de nuestra antigua casa de Brownswood Road vivió de alquiler un tiempo una mujer muy frágil que había perdido a su hija, Celeste, cuando era un bebé; insistía en que nunca se recuperaría. Eso era lo único que la asustaba. Detestaba a las hijas de sus amigos y les ponía malas caras a los niñitos que veía en la calle, pobre alma engañada. Su marido la instaba a pensar en lo que tenía y no en lo que le faltaba. Qué tentador era matarlo, decía ella.

Me senté a una mesa del local. Ya no podía comer ese tipo de comida, pero el camarero con la espalda maltrecha se acercó rígido y pedí dos cremas para untar que podía comer con cuchara. Lo que me apetecía era la compañía de Lena. Se acercó y se sentó conmigo, algo que no solía hacer, pero era un lunes tranquilo. Lo consideré un gran honor.

—Tengo que decirte algo. No estoy bien. Puede que no me quede mucho tiempo en este mundo.

Fue como si estuviera ofreciendo mi dimisión.

—¡No! —gritó—. Estás loca, Ruthie querida.

Siempre me llamaba así. Asentí con la cabeza.

—Es verdad.

Hablé con cuidado. La vi asimilar mis palabras y un pequeño destello de pánico en sus ojos. Entonces me miró con admiración, lloró un poco más y luego me besó en la frente como si fuera un sacerdote con sus largas faldas, o incluso el papa, y sus ojos me comunicaron la firme y absoluta convicción de que había sido bendecida. Vi que me envidiaba.

El cáncer se apoderó rápidamente de mí. No podía andar más de unos metros sin que me costara respirar. La operación había sido una película de terror. El proceso de recuperación fue lento y agónico. No había nada bueno que pudiera decir de mí, solo pensaba que quería que aquello parase. Estuve ingresada cinco semanas, casi el doble de lo que me habían dicho. El esfuerzo de mantenerme bien por Lily me levantó el ánimo, aunque puede que empeorase el dolor: había oído que la tensión nerviosa y las náuseas se agudizaban si peleabas. Fui consciente en todo momento de la línea de la cicatriz; se veían las marcas moradas de los puntos, la piel circundante fruncida e inflamada, ese tipo de puntadas mal hechas que la profesora de costura nos hacía descoser y rehacer. Sentía que cualquier movimiento brusco me desgarraría. La sensación de no tener la cabeza bien fijada al cuerpo era indescriptible. Me tiraba la piel de la cara, inflamada, hundida, horriblemente torcida; la grieta roja brillaba como una maldición, la carne se arrastraba sobre el hueso, los rasgos quedaban mal dispuestos. Hasta que un día ya no pude fingir más. Lily vio cosas que no debería haber visto; fue testigo de mi desesperación. Quizás hubo un pequeño elemento de alivio por ambas partes. En cualquier caso, yo llevaba toda su vida protegiéndola de eso.

Estuvo magnífica cuando me llevó a casa después de la operación, alegre, cuidadosa. Jean aparecía todas las mañanas antes del trabajo y de nuevo por la noche, con comida, flores y libros bonitos. Un desayuno caliente para Lily en un plato florido, y en su cumpleaños tortitas con compota de arándanos silvestres y un bote de nata espumosa. ¡Tres billetes de cincuenta libras!, gritó Lily de alegría. Los cuidados que me dedicaron, noche y día, mientras Lily dormía en un sillón de mi habitación, sin quejarse: «¡Es comodísimo!». Noches y noches seguidas leyéndome tanto en casa como en el hospital, dándome masajes en las piernas hinchadas que parecían sacadas de una carnicería barata de Seven Sisters Road, charlando sobre temas tranquilizadores, actuando como si estuviera estupendamente las veinticuatro horas del día, tan bien que parecía verdad. Lo curioso es que me sentía contenta cuando no pensaba en la situación. Era una atención ininterrumpida que nunca había conocido. Me hizo bien en todos los sentidos, no solo para mi salud.

Entonces empezó el tratamiento y no pude tolerarlo. Me afectaba como una quemadura solar extrema en el interior del cuerpo. Me dolían el cuello y el pecho y tenía que lidiar con unas llagas espeluznantes, abiertas como carne putrefacta de color vino. Me entraban náuseas al verme reflejada en una ventana oscura de noche. No podía soportar el sufrimiento abrumador, que cada respiración pareciese desgarrarme por dentro. Estar herida de una forma tan visible me hacía sentir una profunda vergüenza. Parecía demostrar algo sobre mí que llevaba toda la vida esperando que no fuese verdad. Perdí el valor e interrumpí el tratamiento. Los médicos estaban consternados. Volví a intentarlo, pero mis miembros temblaban y se sacudían de forma incontrolable como si sufriera un acceso de locura, y ni siquiera entre todos conseguían que estuviese quieta. Yo era incapaz de ayudarme. Luego lo intenté por tercera vez, demasiado desalentada para protestar, pero aun así fue más de lo que podía soportar.

—Tiempo es lo que no tenemos —me dijo Rataplaf con la encantadora enfermera majestuosa asintiendo a su lado.

Ahora lo tenía en los huesos. Me oí disculparme. Rataplaf derramó una lágrima y la enfermera le dio su pañuelo. A veces me preguntaba si eran mi madre y mi padre.

—He agotado todas mis reservas de valor en la vida —les dije tranquilamente una tarde en el hospital—. No me queda nada.

Al cabo de unas semanas volví a probar el tratamiento, esta vez hospitalizada. Tuvieron que medicarme para que aceptara, pero accedí a la medicación; al menos, eso creo. Lily y Jean firmaron algo. La mitad de una pastillita amarilla un cuarto de hora antes y la otra mitad después como recompensa. Me llevaron en silla de ruedas al sótano desde el piso de arriba. Me cantaron canciones tontas, las dos, mientras el ascensor descendía con esfuerzo. En el acero pulido se me veía gris y consumida. Me subieron a la máquina, me fijaron y me sujetaron. Sentí que me iban a electrocutar por mis crímenes pasados. Las constantes infecciones hacían que tuviésemos que parar, volver a empezar y volver a parar: yo seguía estropeándolo todo. Más reuniones, más pruebas, más antibióticos por vía intravenosa. Las cicatrices que las cánulas me dejaban en la mano me daban náuseas. Siempre me habían gustado mis manos y ahora estaban hechas una mierda.

Una tarde el médico me reprochó que no me tomara en serio el tratamiento.

—¡No sabe usted lo que está haciendo! —me gritó.

Lily se levantó con calma de la silla que había junto a mi cama y se plantó ante él.

—Espero, señor Ratcliffe, que nadie le hable a su madre como usted acaba de hablarle a mi…, a la mía. — Volvió a sentarse con las manos en el regazo.

—Bueno, es que ella tiene que… —empezó a decir el médico con impaciencia, pero se detuvo y bajó la cabeza—. Lo siento. No he actuado bien —murmuró.

Fue uno de los mejores momentos de mi vida.

«Eso lo has creado tú», me dije.

En la habitación, entre tratamiento y tratamiento, el tiempo pasaba más despacio de lo que era decente. Miraba cada minuto que marcaban las manecillas del reloj. No me gustaba que Lily faltara a clase para quedarse conmigo, pero ella no quería oír hablar de nadie más. Ahora vivía entre la casa de Jean y el hospital, con una mochila llena de libros colgada del hombro. Jean me traía un suministro interminable de camisones de algodón blanco, calcetines y pantalones para Lily, camisetas y jerséis, todo muy bien planchado. Lily era muy cuidadosa conmigo, ese era otro gran don suyo. Y un regalo para mí.

Cuando llegaron las vacaciones, Jean me acompañó a algunas de las sesiones. Me dijo que debía sentirme orgullosa de

Lily, que le encantaba ir conociéndola mejor. No conseguí darle las gracias. Ahora el cáncer estaba en mi hígado. Decían que era más probable que el tratamiento surtiera efecto si tenía compañía. La vida siempre castiga a los solitarios. Ya no trataban de curarme, solo de aliviarme un poco, algo así. La hija de Jean llegó en tren para acompañarme en una de las sesiones cuando Jean y Lily se resfriaron. Una chica de lo más corriente.

Un día quise ver a un sacerdote.

La enfermera me dijo que podía venir uno a las cinco. Se presentó en la habitación a las cinco menos diez, con pasos ligeros y elásticos, e —increíble— me trajo un ramo de elegantes narcisos pálidos con coronas naranjas. Casi me eché a llorar.

—La depresión es para mí lo mismo que para Wordsworth los narcisos —le dije. Sonrió y traté de corresponderle—. Ni siquiera soy creyente —añadí.

—Nadie es perfecto —respondió—. Si viera el estado de mi iglesia… Últimamente tengo que disculparme antes de abrir la boca para hablar. Pero no me ha mandado llamar para hacer un acto de contrición.

—Cierto. Es muy muy democrático por su parte que lo haga usted.

—No me hago ilusiones sobre mí mismo.

—No. Yo tampoco.

Me miró de un modo extraño.

—¡Ah, pero si ya nos conocíamos! Hace unos quince años. ¿Se acuerda? En Upper Holloway, ¿verdad? ¿O fue cuando todavía estaba en Nuestra Señora? Bauticé a su nieta.

—¡Sí!

—Y ahora aquí estamos…

—Me sonaba de algo. Ahora me acuerdo. Siento tener este aspecto horroroso.

—Está estupenda.

Intenté negar con la cabeza. Él sonreía.

—Sopa y sonatas, ¿verdad?

—Ese soy yo —dijo riendo.

Los dos estábamos asombrados.

—Y bien, ¿cómo ha ido todo? —Se rio por la demencial amplitud de la pregunta.

—Hum…

—Aquel día tenía muchas esperanzas, pero a eso siguió la espantosa sensación de que estaba empeorando las cosas. No entendía nada. No suelo ver obstáculos en la vida. Me propuse no verlos cuando era niño. Es una especie de ceguera que tengo.

—Estuvo absolutamente maravilloso. Sosteniendo al bebé y todo eso. Toda su amabilidad.

—¿Puedo preguntar si su hija…?

Por un momento me entraron ganas de decirle: «Todo va bien. Cambió de vida. Irreconocible. Gran profesora, gran hija, gran madre», como si fuera él quien se estaba muriendo.

—Sigue con nosotros —le dije—. Está…, está en proceso de construcción, podría decirse.

—La comprendo. No debe ser fácil.

—Bueno…

—La tendré en mis oraciones, si eso no le molesta.

—No, para nada. Me gustaría.

—¿Y la pequeña? ¿Está bien?

—Es maravillosa —le dije—. Inteligente, amable, considerada. ¡Me ha cuidado tan bien! Soy muy afortunada. Llegará de un momento a otro. Viene todos los días después de clase.

Él sonrió y asintió.

Guardamos silencio un par de minutos.

—Gracias por estar aquí.

Volvió a sonreír y asentir.

—Las cosas que quiero decir son muy duras.

—¿De veras?

Parpadeé.

—Puede ser difícil hablar de aquello que es muy importante para nosotros —dijo.

—Sí.

—¿Cree que podría sentirse mejor después? No le estoy asegurando que vaya a sentirse mejor. Usted sabe mejor que nadie cómo funciona su corazón.

—A veces es mejor intentar olvidar las cosas tristes.

—Puede ser, sí.

—He cometido muchos errores en la vida.

—¿Ah, sí? Gracias por decírmelo.

Reí a medias.

Al cabo de un rato, él dijo:

—¿Le puedo pedir la mano?

Sonreí un segundo porque parecía una propuesta de matrimonio. Acerqué mi mano a la suya sobre la colcha. Tenía la sensación de que él estaba a punto de decir algo asombroso. Sentí sus dedos en los míos.

—Estoy muy cansada —le dije.

—Claro. Tiene que estar agotada.

—Y muy triste sobre ciertas cosas.

—Sí. La tristeza en la vida puede ser abrumadora incluso en las mejores circunstancias.

—Sí, es cierto.

—La paz llegará. Llegará. Estoy seguro.

—¿Lo está?

Él asintió.

—Yo no estoy tan segura.

Sonrió.

—A veces pienso que había algo en querer a mi propia hija que enfureció a la parte de mí que nunca había sido amada.

—Ah —dijo él. Y luego—: Creo que comprendo.

—¿Sí?

—Deje que lo comparta con usted —dijo, su voz suave—. Entréguemelo. Deje que la sensación viaje por sus hombros, baje por su brazo, atraviese las yemas de sus dedos y pase a mi custodia.

—Gracias.

—Todos tenemos a veces sentimientos difíciles de gestionar. Eso forma parte de la vida. Estoy seguro de que fue usted mejor de lo que reconoce. El día del bautizo estuvo maravillosa. Recuerdo que pensé «Esa mujer es una santa». Cuánta dignidad tuvo. Y esa amabilidad increíble, que es fe en su forma más pura.

—Es usted muy amable.

Yo había empezado a llorar pero también reía, las lágrimas eran como ortigas en mi maltrecha piel.

—Sabe que probablemente le salvó la vida a esa pequeña.

—No lo sé. Puede ser.

—Seguro.

—Pero ¿a quién tiene ahora?

El sacerdote se quedó pensando.

—¿Qué le gustaría que pasara ahora que está entrando en esta nueva fase de la vida?

—No lo sé.

—¿Puede perdonarse?

—No veo cómo.

—¿Quizá como perdonaría a una buena amiga que estuviera sufriendo?

—Tal vez, no estoy segura.

—Porque yo sí sé con certeza que el juez supremo, que la quiere y la admira, la ha perdonado.

—Me parece que eso no me lo puedo creer.

—Ahora, con su permiso, me gustaría decir unas oraciones para…

Justo entonces entró Lily, su expresión alerta, los labios separados y dispuesta a darlo todo. Sentí un orgullo inmenso. Fue como si el sol avanzara por todo el pabellón. Empecé a llorar. Escondí la cara.

—¿Vuelvo dentro de diez minutos? —dijo ella.

El sacerdote me miró. Yo estaba demasiado cansada para hablar, pero levanté el pulgar derecho.

—Compraré un Twix en la máquina. Siempre me como un Twix los viernes.

El sacerdote le dio una moneda de una libra.

—Corre de mi cuenta.

«Que el Señor te bendiga y te guarde; que haga resplandecer su rostro sobre ti…».

—¿Estaba soñando? —le pregunté a Lily más tarde.

—¿Cuándo?

—Cuando ese hombre estaba aquí, el de tu boda… ¿Lo has reconocido?

—No estoy segura —dijo Lily—. No estoy segura.

—Estaba sentado aquí en la cama, conmigo.

—Ah, vale —dijo Lily—. Qué bien suena eso. Deja que me acueste a tu lado, a ver si dormimos un poco. Mañana hará un día precioso, diecinueve grados, sin nubes.

Lily consiguió que Eleanor viniera a verme. No sé cómo. Entonces supe que se acercaba el final. Consiguió que Eleanor dijera que me quería, que ahora estaba mucho mejor y que sería una buena madre para Lily, y que yo también había sido una buena madre, sola y sin apenas apoyo, y que me quería y me respetaba mucho, como madre soltera y también profesionalmente. Me dijo que sus amigas del colegio, Holly, Zoe, Sheila, me adoraban por lo que había hecho por ellas, por haber confiado en ellas, y también dijo que lo había hecho todo bien y que ahora Lily y ella formarían un equipo contra el mundo, que Lily era tan lista que nada le impediría ser lo que quisiera en la vida, cirujana o primera ministra o supermodelo, lo que quisiera. Me prometió que estaba mejor que nunca y que Lily siempre estaría bien, que cuidaría bien de sus hijos y de sus nietos. Yo no sabía qué creer, pero sí que Eleanor tenía mejor aspecto. Me sostuvo la mano con expresión emocionada. La dureza de su boca había desaparecido, los tendones del cuello, los ojos hundidos. No parecía fría y gris. Me dijo que yo era valiente. Llevaba toda la vida queriendo que alguien me dijera eso. Era como la secuencia de un sueño en una película en blanco y negro. Coloreada por el recuerdo.

—Lo siento, mamá —me dijo al despedirse.

—No tienes nada que sentir.

Me quería mucho y yo la quería a ella.

—¿Cómo puede estar mejor? —le pregunté a Lily cuando Eleanor ya no estaba; yo no sabía qué creer.

—Está mejor —dijo Lily—. No del todo, pero ha mejorado mucho. Está en tratamiento, no residencial, pero ha supuesto un gran cambio.

—¿Me estás diciendo la verdad?

—El médico le suministra pequeñas cantidades de metadona todos los días, o quizá a días alternos. Forma parte de un programa, tiene ayuda psicológica y demás. La ha ayudado mucho a estabilizarse. Y está trabajando en un centro para personas sin techo cerca de la estación de Aldgate, es un centro de día. Prepara la comida con un delantal a rayas, y los martes por la tarde cantan juntos, después de la visita del podólogo. Uno de los voluntarios toca la guitarra. En la sala de espera Eleanor estaba leyendo *Vilette*. Eso tiene que ser una buena señal.

—¿*Vilette*?

Lily asintió.

—Esa novela me encanta. ¡En el internado eran tan severos!

—Lo sé…, y cómo la directora la espía y registra sus cosas. ¡Me escandalizó muchísimo!

Ah, sí.

Sonrió y acercó un poco la silla.

—Sé que no quieres dejarnos —susurró. Le sujeté las manos—. Pero te prometo que siempre estaremos bien. Vamos a cuidarnos la una a la otra. Tenemos un plan. No tienes nada de qué preocuparte. Ahora descansa. Todo el amor del mundo.

Tenía tantas ganas de que fuese verdad que fue verdad. A veces en la vida hay que dejar que el corazón y los huesos se desliguen de nuestro ser. A partir de ese punto apenas pude hablar.

Lily me dibujó en la mano la forma de un corazón. Sentí que me deslizaba a un estado de duelo.

10

Debía llevar a Eleanor al hospital. Teníamos tres días, cuatro días. Quería que todo saliera perfecto. Pensaba en eso continuamente. Soñaba que cogía el autobús hasta su casa, derribaba la puerta, entraba a la fuerza. Pasaba por encima de cuerpos dormidos aquí y allá hasta que la encontraba y le hacía beber una taza de café y comer un sándwich de crema de queso que había traído. «Escúchame, Eleanor. —Yo hablaba claro y despacio. Nunca te he pedido nada, pero te lo pido ahora. Te vas a lavar, te vas a poner tu mejor ropa y me vas a acompañar al hospital a despedirte de tu madre. Es tu última oportunidad de hacer las cosas bien». Me temblaban las manos. Hablaba con voz metálica.

Entonces entraba un tipo en la habitación, alto y sombrío, con un feo pantalón de chándal gris sucio y nada más. Piel y huesos. ¿Se parecería a mi padre? «¡Oye, hay gente durmiendo!», protestaba. Y entonces yo enloquecía. Lo que me indignaba fue que creyera que no sabía comportarme. Perplejo, retrocedió un paso y puso una cara que decía: «Eh, me estás ofendiendo». Dios. Cuando terminé con él, Eleanor había vuelto a dormirse. Y entonces hice algo que no debería haber hecho (ni siquiera en sueños). Fui a la cocina, cogí una taza que no estaba completamente llena de inmundicias, la llené de agua fría, volví al dormitorio y se la tiré a la cara.

Las cosas no fueron así, por supuesto. Pero sí que fui a su casa. Llamé al timbre y esperé en la puerta una eternidad. Al final le escribí una postal que compré en la tienda de la esquina. Tenía una foto de la reina con un abrigo amarillo y flores en la mano. «Hola, Eleanor, espero que estés bien. Ruth está muy enferma en el hospital. No le queda mucho tiempo. Por favor, ven en cuanto puedas». Anoté la dirección del hospital, el número de teléfono, la planta, el nombre de la sala y «Con cariño, Lil». Y ella apareció, así de fácil. ¿Por qué no le había escrito antes?

La vi llegar a la decimotercera planta, pulsar el timbre y abrirse paso a través de las pesadas puertas.

—¿Todo bien? —dijo.

Se frotó las manos con desinfectante del dispensador que había en la pared. Sacudió suavemente la cabeza para demostrar que comprendía la tristeza de todo aquello. Le di una palmada en la espalda y nos abrazamos, tímidas y torpes, casi besándonos en los labios. El hueso de su cadera se clavó en mi muslo en un ángulo extraño, noté el filo de su pómulo en mi nariz y exclamé: «¡Oooh!». Luego sonrió, lo cual estuvo bien, y se rio, lo cual estuvo muy bien, y nos sentamos juntas en la sala de espera. Ahora yo tenía tetas, pechos o como se llamen, y tal vez los había notado al abrazarnos, si es que le interesaban cosas como mi «desarrollo». También medía cinco centímetros más que ella. Esperaba que eso no me hiciera parecer competitiva. Ella llevaba una camiseta de manga larga a rayas, unos vaqueros azul oscuro holgados y el pelo recogido. Charlamos durante unos diez minutos. Era evidente que estaba esforzándose mucho. Intenté que mi voz sonara tranquila y amable. Un error era algo que no me podía permitir. El cansancio me estaba afectando. Hablamos del tiempo. Ambas dijimos que hacía un día estupendo. El color azul pálido de los suelos. Sin nubes.

Hacía once meses que no nos veíamos y yo sabía que le había costado mucho venir. Le ofrecí café, galletas, un bocadillo. Lo único bueno para comer que vendían en el hospital eran pastelitos de manzana, y se lo dije. Tenían grandes cristales de azúcar en la parte superior, se acababan muy rápido y tardaban mucho en reponerlos.

—Ahora parezco una vendedora del canal de teletienda —dije riéndome de mí misma, y ella sonrió, insegura de si debía reírse también. Noté que me dejaba tomar la iniciativa—. Pero quizá sea un poco pronto para esas cosas —añadí, lo cual sonó a locura, como si las horas del reloj se midieran en reglas apropiadas para comer algo.

Sabía que ser demasiado educada, mencionar cosas serias y distantes que no pertenecían al interior de una situación familiar, podía resultar ofensivo. Un choque. Me esforcé en usar el tono apropiado de voz. No quería que se quebrara en llanto. Sentí afecto por ella. Tenía un aspecto menos vulnerable que la última vez. Podría haber pasado por una enfermera en su día libre. Había luz en sus ojos. El pelo recogido en una coleta alta. La madre de alguien. Olía a zapatillas viejas. Había algo en ella que se hacía querer.

—Suena delicioso —dijo sobre el pastel de manzana—, pero no tengo apetito, gracias.

Cuanto más te fijabas, cuanto más te acercabas, más frágil parecía su aspecto. Su piel, la superficie, la textura. No era convincente, creo. Sus ojos. Su respiración. Eleanor estaba siendo muy cuidadosa, pero tuve la sensación de que todo en ella escaseaba.

Yo quería demostrarle que me habían educado bien. Que era sensata y tranquila. Que la familia estaba bien conmigo al mando. También quería hacerla reír. Demostrarle que tenía sentido del humor. Que había muchas cosas dentro de mí.

—¿Qué le digo? —me preguntó cuando nos disponíamos a entrar en la habitación.

Así que le dije lo que tenía que decir y lo ensayamos varias veces, yo en el papel de Eleanor y ella en el de Ruth, y luego al revés. Accedió a todo, asintiendo y concentrándose. Me di cuenta de que estaba muy triste y eso significó mucho para mí. La cogí del brazo y la llevé a la habitación. Le pedí que esperara un momento junto al mostrador de enfermería mientras yo me acercaba a la cama de Ruth.

—Hola —le dije muy suavemente—. Eleanor está aquí, ha venido a verte para… saludarte.

Ruth estaba medio dormida, pero abrió los ojos de par en par.

—¿Qué, aquí? ¿En el hospital?

Asentí con la cabeza.

Sonrió con más fuerza de la que yo le había visto en mucho tiempo.

Bien, fui a buscar a Eleanor y me quedé un rato a su lado. Lo hizo estupendamente, se sentó y le cogió la mano a Ruth, con suavidad en todo lo que decía. Me quedé impresionada. Por un instante me pareció que era mi hermana mayor que había estado fuera de viaje o estudiando o, no sé, luchando en una guerra. La idea de que las dos formábamos un equipo. Las dejé a solas. Una anciana me hizo señas para que me acercara y me pidió que me sentara en la silla junto a su cama, así que eso hice. Me habló rápidamente como si me conociera muy bien. No sé quién se creía que era, tal vez su propia hija.

—¿Estás casada? —me preguntó. Sonreí misteriosamente—. No te preocupes, estoy segura de que conocerás a alguien.

Jean llegó al hospital. Cuando vio a Eleanor junto a la cama, su rostro se ensombreció. Se quedó allí irradiando odio y asco. Ni siquiera saludó. Fue un momento muy dramático. Sus manos al final de las mangas se cerraron en puños y pensé que iba a acercarse y atacar a Eleanor. Yo estaba conmocionada y me empezaron a temblar los brazos. ¿Y si Ruth lo veía? No podía ser. Dios mío. Salté de la silla, sujeté a Jean del brazo, le dije que quería enseñarle algo y me la llevé, corriendo, hasta el otro extremo de la habitación.

—Por favor —le dije. Jean jadeaba—. Por favor. Por Ruth. Sé buena con ella. Es lo que Ruth querría. Por mí. No tenemos mucho tiempo. No puede haber dificultades. Por favor. O finge o lo que sea. Te lo ruego. Estoy tan agradecida por todo lo que has hecho. Pero por favor…

Me eché a llorar; me contuve; me limpié con la manga; parpadeé.

—De acuerdo —dijo Jean rápidamente—. Lo siento, culpa mía —repitió un par de veces, y me dio tres suaves palmadas en el hombro.

Luego fue a buscar a Eleanor, que estaba sentada a la cabecera de la cama. Se inclinó, le besó la coronilla y empezó a hablarle en voz baja, con una cálida sonrisa. Susurraron sobre las enfermeras, la comida del hospital y las vistas desde la ventana, es decir, trató a Eleanor como un ser humano, algo que ella obviamente no creía que hubiera que hacer hasta que se lo habían señalado. Me impresionó la rapidez con la que había cambiado de actitud, pero todo fue una locura.

—Eres una buena chica, ¿lo sabías? —me dijo Eleanor antes de desaparecer en la fila de ascensores.

Lo agradecí, aunque era lo que se le diría a la hija de un desconocido, al perro de un desconocido.

Jean tenía que irse al colegio.

—Volveré a las cuatro y diez, si puedo.

Entré de nuevo y me senté junto a Ruth. No estaba nada bien. Ya no aguantaría mucho más. Le temblaba la cabeza y sus manos no paraban de aletear en busca de algo, de alguien. Intentó levantarse de la cama tirando de los goteros y los cables, pero no tenía fuerzas y cuando la volví a recostar suavemente en el colchón, porque tenía miedo de que se desplomara en el suelo, no se resistió.

—Todo va bien —le dije—. Tranquila. Pulsé el timbre de ayuda. Volví a pulsarlo. Todos mis pensamientos eran maldiciones. Se suponía que al final había paz, pero yo no sabía cómo dársela—. Ya has tenido bastante —le dije débilmente, y ella abrió un ojo con esfuerzo—. Claro que sí. Lo siento mucho. Lo estás haciendo muy muy bien. Sé que ya no puedes más. Ya casi estamos. Ya casi.

¿Era correcto decir eso? ¿Podía asustar a alguien? Ruth asintió débilmente. Levantó la mano derecha y empezó a hacer un movimiento lateral, lento y espasmódico, como si intentara escribirme un mensaje en la sábana, pero luego la dejó caer. Intenté vocalizar:

—Ojalá pudiera hacerlo por ti.

Habría dado cualquier cosa por ocupar su lugar. Ruth no podía llegar ahí sola. Yo no sabía cómo actuar. La idea de que un error mío en este momento podría estropear las cosas. Que yo no sabía hacerlo mejor. Le cogí las dos manos y me oí entonar, muy bajito, una canción sobre peces que solíamos cantar en primaria:

En medio del océano nadan las sardinas, apusski dusky, apusskidu.
Llega un barco y una gran red baja, apusski dusky, apusskidu.
Una sardina vieja y sabia da la voz de alarma, apusski dusky,
apusskidu.
Y veloces se alejan todas por el agua, apusski dusky, apusskidu.
Con las colas brillantes las sardinas nadan, apusski dusky, apusskidu.
Contentas están porque libres nadan, apusski dusky, apusskidu.

Una vez Eleanor me vino a buscar al colegio. Estaba en la esquina de la puerta a las cuatro, apoyada en la barandilla. Se me acercó y me dijo: «Hola, Lily Miller». Yo sonreí y le dije: «Hola». Le di un beso en la mejilla, que estaba helada, y me invitó a que la acompañara a su casa, me dijo que tenía cinco dónuts de nata en la nevera. Parecía el primer verso de una canción infantil. La observé y comprendí que otras personas, como Cath o Lisa, la encontrarían aterradora. Yo no, pero otra persona pensaría: mira sus dientes y demás. Nuestras profesoras, buenas feministas, nos decían que el camino más rápido hacia una vida sin sentido era que nuestra apariencia fuese nuestra principal preocupación, pero había cosas básicas que debían hacerse. Eleanor era como una casa encantada de feria, o algo así. Huecos y costras y sombras, y por debajo algo muy afilado asomando. Era una escena oscura, ella allí plantada pidiéndome que fuera a su casa. Tenía los brazos huesudos, de un blanco brillante, con boquetes rosas y rojos que estaban cicatrizando y otros boquetes que parecían recientes, en carne viva. Me vio fijarme en sus brazos y perder la compostura. Se bajó las mangas rápidamente. Entonces empezó a hablar de nuevo de los dónuts, lo cual era vergonzoso, como si pusiera en práctica una idea de maternidad sacada de, no sé, ¿los anuncios o la tele americana? De pronto yo solo podía pensar que quería regalarle algo. O decirle algo increíble. Me habría gustado llevar una joya especial que pudiera quitarme y dejar en sus manos, levantarle el pelo y atársela al cuello. Ensayé mentalmente algunas frases: Ojalá pudiera hacerlo por ti. Ojalá pudiese, supiera, pudiese hacer algo que quizá…, ¿tienes que…? Al final solo le dije que sentía no poder acompañarla esta vez, le puse alguna excusa y ella me dio un abrazo. Al menos sus brazos me envolvieron, pero los sentí rígidos y extraños. Me recordó esa vez que Ruth y yo hicimos un pícnic en el jardín de una iglesia durante uno de nuestros paseos. Me detuve ante una tumba pequeña y antigua. Había una piedra gris desconchada con musgo en las grietas y largas hierbas creciendo alrededor. Me eché a reír y Ruth me preguntó por qué.

—Pone «Amada y perdida» —le dije.

—¿Y qué tiene eso de gracioso?

—Bueno, suena como si alguien de repente se hubiera despistado y se le hubiese extraviado la persona amada, como cuando se te pierde el perro.

Rompí a llorar, me di la vuelta y huí de Eleanor entre una multitud de chicas que con su misma inercia me hicieron avanzar calle abajo sin que yo tuviera que hacer nada. No estaba orgullosa de mí. Me gustaba pensar que casi todo se me daba bien.

No le dije a Ruth que Eleanor había venido al colegio. Tendría que habérselo mencionado, iba a hacerlo, pero luego pensé que sería desleal con todos, incluida yo misma. Ser una madre así, tener una madre así, ser la madre de alguien así.

Por fin apareció la enfermera mientras yo estaba de pie junto a la cama, las manos de Ruth en las mías. Ya no podía controlarme. Solté a Ruth y arrastré a la enfermera hasta el baño del pasillo, empujé la puerta y tiré del cordón blanco de la luz. Ella me miró asustada, con los ojos desorbitados, como si fuera a atacarla. No me importó.

—No va a aguantar mucho más. ¿No podemos hacer algo? —le dije.

—¿Te refieres a algo ilegal? —Su voz era estricta.

—No sé lo que digo.

—¿Dónde están tus padres? —dijo la enfermera.

—Dímelo tú —le hablé con mal tono. Grosero—. Lo siento —dije—. Lo siento.

—No pasa nada. Todo esto tiene que estar afectándote mucho.

—No no —dije—. Estoy bien.

Eleanor no consiguió asistir al funeral. Esperé hasta el último momento y luego le hice un gesto a Jean, que a su vez le indicó al de la funeraria que cerrara las puertas. Me sorprendió que no apareciera, pero intenté no darle más vueltas porque ese tipo de ideas no sirven de nada… y, además, ¿en calidad de qué habría venido? ¿De fantasma?

Al final toqué *Danny Boy* con el violín; un poco desafinado, pero salí adelante. A Ruth le encantaba esa canción. Para mí sería más fácil que hablar, habíamos decidido. Jean se acercó y se puso a mi lado justo cuando empezaba, como mi guardia de seguridad, para darme fuerzas.

Me quedaría en casa de Jean «una temporada», pero ambas sabíamos que no tenía otro sitio adonde ir. «Todo el tiempo que quieras», me dijo, pero las dos sabíamos que tendría que quedarme más que eso.

El piso de Jean era tres veces más grande que el de Ruth. Tenía unos ventanales enormes que daban a un jardín que se extendía hasta el bosque. Era moderno, mullido, cómodo, con una gran claraboya bajo la que podías sentarte y ver las estrellas al anochecer. «Como si te hubieran dado un golpe en la cabeza», le gustaba decir.

Su vida era más lujosa de lo que me había imaginado: calefacción central, aerosol para los muebles. Había agua caliente a cualquier hora durante todo el tiempo que quisiera. Literalmente podía darme tres baños seguidos. Nada anticuado, torcido o roto. Sus pies vivían dentro de unas enormes y mullidas zapatillas rosa y se pasaba gran parte del día hablando, cocinando y recogiendo lo que nos habíamos comido. Las comidas eran copiosas y solían terminar con un plato adicional que llevábamos al salón en una bandeja y comíamos delante del televisor. Trozos de queso y galletas saladas, pastillas de chocolate, nueces y pasas. Me habría conformado con eso, la verdad.

El primer domingo preparó un pastel de crema y frutas con muchas capas en un cuenco alto de cristal. Una sucesión de franjas rojas, rosa, blancas y amarillas con cerezas y nueces tostadas en la parte superior que parecían flores. Pequeñas hojas de gelatina verde en forma de diamante. Sentí que nos comíamos su infancia.

—Eres una cocinera magnífica —le dije.

—Bueno, todo lo que hacía Ruth sabía mucho a cuchara de madera. Lo siento, lo siento, lo siento —añadió rápidamente.

Había pequeños detalles en el piso de Jean que reconocí de la televisión: relucientes toallitas blancas en una pila perfecta junto al lavabo y una vela blanca perfumada en un tarro de cristal: «Syringa», rezaba. Detrás de la puerta del cuarto de baño había una bata de toalla azul claro para mí, todavía con sus etiquetas. En lo referente a comodidades, Jean tenía el listón muy alto. Era una de las cosas que cuidaba deliberadamente, como si se tratara de su trabajo, de un inválido o de algún otro tipo de responsabilidad: un gatito. Mantenerlo era importante. En comparación, Ruth y yo éramos más como una tarima burda que a veces se astillaba. Jean era muy detallista. Siempre había zumo de naranja recién exprimido y queso parmesano. Quedarse sin leche o sin papel higiénico era impensable. Le encantaba ir de compras. «Soy el sueño de cualquier publicista», decía, y cuando veíamos los anuncios casi siempre exclamaba: «¿No tiene una pinta estupenda?» o «Si tuviera eso nunca volvería a quejarme». Años atrás había pasado por una farmacia anticuada en liquidación y había comprado a muy buen precio un juego entero de probadores de fragancias Chanel. Me enseñó las hileras de frasquitos cuadrados colocados en un expositor de plástico negro, todos con pequeños cuentagotas de cristal sujetos al interior de las tapas. Parte del líquido ámbar se había vuelto espeso y pegajoso. Diminutos, como de un tocador de casa de muñecas. Aún lo sacaba a veces para jugar, decía.

Busqué «syringa»; 'lila', en latín. Me hizo pensar en agujas. Guardé la vela.

Descubrí a una Jean más elegante. Sabía que los nombres de las mujeres de la panadería francesa eran Esther y Pauline.

—¡Que tengáis un buen día! —exclamaron cuando salíamos con una bolsa de bollos.

Jean se volvió rápidamente.

—Eso es muy improbable.

A veces ponía la mesa para el desayuno antes de acostarse. Colocaba cajas de cereales en miniatura, vasos hexagonales para el zumo de naranja. Tenía tarritos de mermelada francesa con tapas a cuadros rojos, porciones para invitados que eran acogedoras y lo contrario de acogedoras porque no eran la mermelada de todos los días. A veces podía verle pequeños bultos de estrés en la frente por la acumulación de todas las cosas que no preguntaba. Me dijo que quizá deberíamos alquilar el piso de Ruth, ya que me vendría bien el dinero cuando fuera a la universidad. Era la única persona que conocía que utilizaba el término «quizá» para dar certeza a sus palabras.

—Por lo visto, no es bueno tomar grandes decisiones el año que sigue al duelo —le dije. Lo había leído en «Cómo afrontar una muerte», en el hospital. Me sentí culpable por hojear el folleto cuando aún oía los jadeos de Ruth, pero supe que a ella no le importaría.

Jean y yo éramos muy educadas: pásame la sal, por favor, espero que hayas dormido bien, bonita camisa. A veces echaba de menos a la señora Reynolds, a quien conocía del colegio y nos contaba todos sus secretos. Sus problemas con su marido, ocasiones tristes que transformaba en bromas alocadas, eso era lo suyo. La forma en que le gustaba contar anécdotas de su vida para entretenernos. Como cuando a su marido le dio por el bricolaje y siempre se escapaba a la tienda, o eso decía él: «¿Cómo es posible que tardase cuatro horas en comprar un bote mediano de pintura?», preguntaba Jean riéndose. Las historias de su hija, que tenía un «complejo de superioridad en toda regla», vestida de negro y crema con toques dorados. Louisa trabajaba ahora en la banca, «Una maldita desgracia», nos decía. «¿Cómo llamas a Louisa haciendo el pino? Una esnob invertida…».

—No sabía que estuviera bien criticar a tus hijos —le dije una vez a Ruth.

—¡La adora! —Ruth estaba casi enfadada—. Es todo una actuación. Es solo que Louisa no la necesita y eso la altera un poco.

La Jean normal reaparecería cuando se acostumbrara a mí y se relajase. Se portaba lo mejor que podía. Yo también. Probablemente sus locos arrebatos de sinceridad volverían pronto. Su sentido del humor. Me gustaba que, aunque Jean podía ser bastante brusca con la gente, siempre sabías lo que estaba pensando. Lo que ves es lo que hay. Creo que eso no es habitual. A veces me preguntaba si hay largos periodos de la vida en los que una persona no puede permitirse ser ella misma. En el piso grande, pese a todas las lujosas alfombras azules, las gruesas cortinas y las montañas de cojines, debíamos tener cuidado. No sabíamos muy bien cómo actuar. A veces nos tropezábamos literalmente en el pasillo: Oh. ¡Ay! Lo siento, lo siento, lo siento. No no. Estoy bien. ¿Todo bien, querida? ¡Faltaría más!

El día antes del funeral Jean me compró una falda y una camisa negras de un material bastante rígido con un forro blanco sedoso. Parecía caro, aunque ella decía que no. La camisa tenía el cuello redondo y los botones forrados del mismo tejido negro. ¿Me hacía parecer una viuda joven?

—No tienes ninguna obligación de ponértelo —me dijo—. Era para evitarte pensar.

De pronto, no pensar era una prioridad. Eso era nuevo en mi vida. Aquella noche vimos tres horas de televisión. Jean se lo tomaba muy en serio. «¡No no no! Miente descaradamente», gritaba en voz alta, o: «¡Vaya vaya, mira cómo has cambiado de tono!». Me pregunté si hacía lo mismo cuando estaba sola.

—Ni lo sueñes, tío —grité agitando el puño débilmente cuando un viejo empezó a flirtear con la joven de la tienda de la esquina. La hice reír a carcajadas. Le gustaba que mostrara más carácter.

La mañana siguiente me desperté temblando, aunque la previsión decía que haría diecinueve grados. Tenía las manos y los pies helados, los huesos rígidos y doloridos. Me bañé un rato en agua hirviendo, salí demasiado deprisa y me desplomé en el suelo, mareada. Me quedé allí tirada, mirando el techo inmaculado, sin saber dónde estaba. El aplique de luz era muy luminoso y moderno. La suntuosa alfombrilla de baño me resultaba extraña. Debía de ser nueva. Por un momento pensé que a lo mejor estaba en un hotel. ¿Por qué me encontraba allí? Entonces me acordé. La casa de Jean. Claro. Me arrastré de vuelta a la cama con la bata azul, los brazos y las piernas enrojecidos.

—No sé qué me pasa —le dije a Jean.

Ruth me contó que, cuando era pequeña, su madre a veces le decía: «Me siento como si me hubieran desenchufado». Yo me sentía así.

—Es natural. —Sonrió y me trajo una bandeja con un tazón de chocolate a la francesa, una baguette caliente y botes de mantequilla y mermelada. Ruth me había dicho que Jean estaba muy orgullosa de sus bandejas. En esta había una flor amarilla en una huevera de color rosa pálido—. Voy a poner una lavadora, ¿tienes ropa sucia? —me preguntó posándose con cuidado en el borde de mi cama.

Negué con la cabeza.

Asintió y se sentó a mi lado. Me cogió las manos por encima de la bandeja. Tuve la sensación de que quería que llorásemos un poco juntas y nos quedamos sentadas unos minutos, pero no pasó nada. Para Jean la pena era casi como una mascota. Un par de veces al día había que sacarla a pasear y dejar vagar los pensamientos para ver si pasaba algo. O se sentaba tranquilamente en la cocina con algo de picar y pensaba en la persona. Para tenerla en la mente. En el corazón. Acariciarle el pelo. Soplarle la sopa. Es lo que a mí me gusta hacer, decía. A veces me olvidaba de que Ruth había sido la mejor amiga de Jean durante más de una década. Me preparó una bolsa de agua caliente con una suave funda rosa y la metí en la cama. Las sábanas y fundas de Jean eran muy suaves y sedosas. Al parecer, no acabábamos de saber si yo era una niñita o una anciana.

Más tarde envolví la bolsa de agua caliente en un viejo chal negro de encaje de Jean y me la llevé al funeral.

—¡Una idea fantástica! —me dijo.

Me ardía en el costado y me dejó en la piel una franja roja y carnosa. La puse en mi regazo en el taxi; mi violín lo sostenía Jean en la rodilla, como si fuese un niño pequeño. Me apoyé la bolsa de agua caliente contra el pecho mientras caminábamos por el cementerio, que olía a gasolina, hierbas verdes y florecitas blancas en forma de estrella. Cuando llegábamos a la capilla, se la di para que la sujetara mientras me anudaba los cordones. Olí la goma caliente en mi piel. Reparé, horrorizada, que la bolsa rosa envuelta en encaje negro que Jean sostenía en sus brazos parecía un bebé muerto. ¡Dios! La oculté en una cornisa verdosa junto a un querubín de piedra para que no se perdiera, como Lisa dice que su hermana mayor esconde las zapatillas en el seto del jardín cuando va a una fiesta, luego se pone los zapatos de tacón y toca el timbre. Es una chica genial. Seguí caminando. Me sentía mal por abandonar la bolsa, pero no quería disgustar a nadie.

Asistieron casi todos los profesores, como si fuera el aniversario del colegio. La señora Hadley leyó la Biblia. No pude escuchar. Jean y yo trasladamos el ataúd con cuatro mujeres de la funeraria. Jean llevaba sus botas nuevas de ante negro. Había oído gemidos y crujidos cuando se había agachado para ponérselas. Luego me peinó con una trenza francesa.

—Muy digna doliente principal —dijo apretándome la mano.

Esperaba que, si Eleanor aparecía, se uniera a mí para llevar el ataúd, pero tal vez habría sido demasiado para ella.

—No se considera un trabajo de mujeres —dijo el director de la funeraria—. Pero, por supuesto, este es un país libre y pueden hacer lo que les plazca.

—Nos place, y mucho —dijo Jean—. Necesitaremos la ayuda de algunas de sus empleadas. Fornidas, a ser posible.

—Ah —respondió el hombre. Y luego—: Muy bien.

—Un ataúd de roble —dijo Jean—, roble medio oscuro, que no brille nada, más bien granulado, a ella le habría gustado algo natural, como el tipo de madera que se podría usar para estanterías o en un árbol. ¿Te parece bien, Lily? Serio sin llegar a elegante. Tela color marfil en el interior, nada brillante pero de mucha calidad, de aspecto sacro pero no nupcial. De textura seca. Tejido, de fibras naturales. Lino tupido, ¿es algo que la gente todavía…? ¿Lona gruesa? Y me gustaría pagarlo si me concedes ese honor, Lily.

Yo no podía hablar.

A la gente le sorprendió ver a mujeres cargando el ataúd. Jean dijo que ella no lo había visto nunca.

—Podemos estar orgullosas.

Pesaba muchísimo. Tuve que concentrarme no solo en la cabeza, sino también en el pecho y en los codos.

—No te olvides de respirar —me susurró Jean—. Dios, ¿no odias a la gente que dice eso?

Solté una risita y ella se unió. Nos enderezamos. Después sentí aquel peso en el hombro durante horas. Cuando volví a casa de Jean, me desabroché la camisa negra para ver si tenía moratones. (No había). Cath y Lisa asistieron al refrigerio posterior. Me preocupaba que para ellas fuese incómodo o aburrido, pero eran geniales. Jean dijo que no teníamos que participar, ni ayudar, ni recoger, ni nada.

—Quizá solo decir «Muchas gracias por venir» a cualquiera que te hable. Luego, si sonríes y bajas la mirada, con un poco de suerte se largarán.

—Vale.

Las viejas amigas de Ruth de sus días escolares vinieron en grupo a saludarme. Frances, Sarah, Christine. No estaba segura de quién era quién. Me dieron palmaditas en los hombros y me acariciaron los brazos.

—Eres una joven increíble —me dijo una de ellas.

Se le quebró la voz y yo negué con la cabeza. Me miró de arriba abajo varias veces y luego me apretó la parte superior del brazo y me besó el pelo justo debajo de la oreja. Tenía la cara húmeda y su piel parecía de pergamino, pero era muy suave y cálida. Había vino tinto en su aliento. Era muy raro que todos quisieran tocarme de repente.

Cath acudió al rescate. Llevaba puesta la chaqueta azul marino Jaeger de su madre y parecía que iba a una entrevista. Me dio un bonito pañuelo de encaje que su madre le había regalado por su primera comunión.

—¡Muchas gracias!

La madre de Lisa había hecho una tarta negra especial con mucho ron dentro. En la parte superior había colocado nueces que formaban la letra «R». Era la receta secreta de su abuela de Trinidad. Al parecer, había que poner la fruta en remojo durante un año entero. Después, cuando casi todos se habían ido, Jean dejó en mi habitación unos platitos con nueces y pasas, cuartos de sándwich, *macarons,* galletas de mantequilla, chocolatinas Cadbury, latas de Coca-Cola y palitos de pepino y zanahoria.

—¿Tus amigas quieren alcohol? —me preguntó haciendo una mueca ante aquella extraña merienda de cumpleaños infantil.

Me pregunté si estaría siguiendo algún folleto de consejos para adolescentes en duelo: «A las cinco, ¿por qué no ofrecer a las jovencitas unos botellines de cerveza?».

Durante días, después de lo de Ruth, Jean tarareó sin cesar. Al principio el zumbido grave y constante que de vez en cuando se interrumpía y volvía a empezar me parecía extraño, pero me acostumbré. Quizá fuese reconfortante. A veces recordaba a una melodía que yo conocía, pero en general era un sonido eléctrico como el de un frigorífico o el horno. La mitad del tiempo ni se daba cuenta. Sí que se callaba cuando le hablaba. Tal vez fuera una forma de bloquear las cosas. Un analgésico. Lo eché de menos cuando paró.

Por las noches veíamos películas antiguas en vídeo, la bata verde menta de Jean recortada en su pelo blanco. Parecía un cepillo de dientes. Cuando pasaba por épocas difíciles le gustaba el cine negro, me dijo.

—Ya sabes, esas películas con mujeres potentes y manipuladoras de pómulos altos y ropa sofisticada que bajan seductoras de un tren con zapatos de tacón, que salen de aprietos fumando con blusas de satén que realzan el pecho, que disparan a otros en las hombreras con esas cejas levantadas que siempre ríen las últimas, la costura de las medias siempre perfecta. Me encanta todo eso.

El halcón maltés, Perdición, Miedo súbito. Era como si Jean pretendiera que esas películas me educaran no solo sobre cine antiguo, sobre el funcionamiento del crimen o de las cosas que pasaban entre hombres y mujeres, sino también sobre la idea de que si eras lista, como nosotras, nuestra labia podría librarnos de casi cualquier cosa. Sobre cómo mantener la calma. Sobre todas las formas en que las mujeres podían triunfar si se liberaban de aquello que las mantenía, nos mantenía, controladas. En estas películas la forma en que la explosión de luz y sonido llegaba rápidamente a la pantalla era muy potente, como disparos de balas. Si Jean hubiera vivido en Estados Unidos, le habrían encantado todas esas armas.

El domingo siguiente al funeral vimos cuatro películas seguidas con el pijama de tartán rojo a juego que Jean había comprado especialmente para nosotras. Les arrancamos el celofán, talla S y talla XL. Se respiraba un aire navideño, quizá por el gran alivio de que ya hubiera pasado el funeral. Allí, una junto a la otra, parecíamos un número cómico escocés, aunque no se me ocurrió nada gracioso que decir. A lo largo del día nos comimos un pastel entero de café y nueces. Era como si fuéramos nosotras las que estábamos en una película.

A Jean le gustaba hacerlo todo bien, convertir lo cotidiano en una ocasión. Incluso algo como sentarse a tomar una bebida caliente. No lo hacía de forma forzada o falsa, sino que cada vez que algo podía ser especial, volverse un momento especial, tenía que aprovecharlo. Convertirlo en un acontecimiento digno de recordar. Eso era la vida, eso era vivir. Decía que, a medida que te hacías mayor, era importante tomarse el placer muy en serio. «Hay que cogerlo por las solapas —decía—, llamarlo como a un taxi». Era una de las cosas más importantes. A cualquier edad, en realidad. Jean estaba obsesionada con el café, su teatralidad y sus rituales. Guardaba los granos en una caja en el congelador, los molía en una maquinita de metal verde que había comprado en Francia. Tenía una taza especial que calentaba con agua hirviendo. Una expresión soñadora se dibujaba en su rostro. «¡Ese optimismo infundado que te proporciona!». Lo suyo con el café era un romance, decía, pero nunca después de las tres de la tarde. A las siete y cuarto le apetecía tomarse un gin-tonic, pero nunca antes. Me gustaba que todas esas normas le proporcionasen un placer adicional; normalmente creemos que las normas nos arrebatan algo. Nos comimos la tarta de café en las rodillas, dejamos migas pegajosas por todas partes. Más tarde encontré algunas en el sujetador. Y había manchas del glaseado en el brazo del sofá. A ella le daba igual.

—Deja que se seque y mañana las quitamos.

—No soy una buena influencia, ¿verdad? —dije. El pastel me pesaba por dentro como si fuese un ladrillo o un elefantito.

—Eres el paraíso.

Jean bajaba la guardia para que yo bajara la mía. Y funcionaba. No es que fuese una artimaña ni nada parecido, pero yo sabía que tenía que ir con cuidado. Ahora el tiempo estaba en pausa. Nos encontrábamos entre dos aguas. El reloj me seguía sorprendiendo. A veces los días pasaban y solo eran cuarenta minutos. Algunos me parecían suaves e imprecisos, pero otros resultaban muy nítidos. Fui un par de semanas al colegio, pero no retenía nada. En un examen de Historia escribí la misma frase una y otra vez. La Ley de Propiedad de la Mujer Casada de 1870 permitió que las mujeres casadas fuesen propietarias legales del dinero que ganaban y también heredar bienes inmuebles. La Ley de Propiedad de la Mujer Casada de 1870 permitió que las mujeres casadas fuesen propietarias legales del dinero que ganaban y también heredar bienes inmuebles. Qué extraño.

—Solo tenemos que esperar y pasar de esta etapa, que es terrible, a la siguiente, cuando las cosas quizá empiecen a ser un poco más fáciles —me dijo Jean—. Esa es nuestra principal tarea.

—Vale.

Escribí una carta a Eleanor con pluma estilográfica. No se me ocurría qué decir y pasé mucho rato sentada. Después se la di a Jean. Ella la dejó, esperó a que el reloj diese la hora, se preparó un gin-tonic, se recostó en el sofá y se cubrió las rodillas con una manta. La tensión había aumentado ligeramente en la habitación, algo que yo había empezado a medir.

Querida Eleanor:

Espero que estés bien.

Siento no haberte visto en el funeral, pero lo comprendo. Intentamos que todo fuera bonito, con música y flores.

Una cosa preciosa fueron unas pequeñas mariposas de color crema que se enredaron en las rosas. Hicimos que todos cantaran el himno *El que quiera ser valiente,* pero cambiando el sujeto masculino por el femenino. Toqué el violín. Ahora vivo en casa de Jean.

Me preguntaba si te gustaría ir a buscar lo que quieras del piso este fin de semana. Podríamos quedar directamente allí. Sé que a Ruth le gustaría que tuvieras cosas especiales para recordarla. A mí también me gustaría.

Espero que las cosas te vayan bien.

Te quiere, Lil

Jean se levantó de golpe, como si fuera a decir que no lo toleraría. Tres pequeños cojines saltaron con ella, fieles patitos siguiendo a mamá pato. Los devolvió a su sitio con cuidado, colocándolos sobre las puntas y dándoles un golpe en el centro para esponjarlos.

—¿Te gustaría que fuese al piso y se llevara cosas? —dijo—. ¿En serio?

—Sí. Que eligiese diez cosas, o algo así. Debe de haber objetos que tengan un significado especial para ella, que quizá quiera tener en su vida. Cosas que le gustaban y que consideraba suyas, ya sabes, de niña o… O sea, cosas que incluso son suyas.

—A lo mejor quieres apartar primero tus diez cosas favoritas.

—No, no creo. No me importan mucho las cosas, la verdad.

—Quizá eso cambie con el tiempo —dijo Jean.

—¿Tú crees?

—A veces en la vida, cuando somos muy generosos…

«No dejes que te vuelva loca». Escuchaba las palabras de Ruth muy a menudo en esa época. «Ella hará cuanto pueda, pero recuerda que es una mujer buena, amable, fuerte, dolida y sensata».

—Lo curioso es que las cosas que pasan en la vida no me afectan mucho —dije.

—¿A qué te refieres?

—No soy de esa clase de personas. Lo he descubierto. A quienes las cosas les afectan mucho.

—Vaya —dijo Jean.

—Es algo que he notado. En varias situaciones. Soy bastante tranquila.

—De acuerdo —dijo ella razonable. Volvió a sentarse y cruzó las manos sobre el regazo.

Yo ya había olvidado de qué estábamos hablando.

—A veces, sin embargo —Jean hizo una de sus aspiraciones profundas, de esas que yo estaba aprendiendo a temer—, hay cosas que tienen que ver con el dinero y las propiedades y la gente; sé que ahora eres sincera con lo que dices, pero cuando seas mayor quizá lo veas de una forma muy distinta. Y mi dilema, puede que no sea correcto hablarte de eso directamente pero lo haré de todos modos, es si debo hacer que lo veas claro ahora, para que tengas en cuenta que tus sentimientos podrían cambiar, o si no es correcto que haga algo así.

—¿Hacer que yo lo vea claro?

—Defender con argumentos muy sólidos una línea de actuación diferente a la que quieres tomar.

—¿Te preocupa que en el futuro alguien diga que no hiciste bien tu trabajo?

—Eso no me importaría lo más mínimo, a menos que me lo dijeras tú.

—Bien.

—Entonces…

¿Quería Jean que le firmara algo? ¿Me había convertido en una de esas huérfanas de novela que debían ser educadas por sus tutores o…? Dios.

—Con todo lo que tiene que ver con Eleanor, lo que he aprendido es que haga lo que haga, lo intente o no lo intente, da lo mismo. Es extraño, pero ella no parece darse cuenta. Nunca cambia nada. Lo que intento decir es que si tengo la sensación de que algo con ella va a funcionar, entonces debo tomar ese camino, eso es lo que he aprendido. Así que no es exactamente una cuestión de elección, sino de tener una idea sobre algo. Percibir un sentir o una oportunidad, aunque sea equivocada o estúpida, y seguirla si me parece bien, si le veo sentido. Me gusta la idea de darle algunas cosas bonitas. Me alegra. ¡Necesito alegrarme! Y nunca le he regalado nada antes. ¿Por qué no? Eso no está bien. Es una persona vulnerable. Es bueno probar cosas nuevas con la gente. Estuvo genial en el hospital, ¿te acuerdas? Estuvo perfecta. Cuando tú…, cuando ella…

Guardamos silencio. Las sienes de Jean adquirieron la típica hinchazón sonrosada de cuando decidía cuán sincera debía ser. Nunca podía ocultar lo que sentía. Yo había empezado a llamar «sarpullido de la mesura» a esas pequeñas marcas rosadas.

—A ver, ¿qué es lo peor que podría pasar? —De pronto mi voz sonó optimista.

—Lo peor que puede pasar es que coja las cosas más valiosas de Ruth, las venda enseguida a alguien a quien no le importen y luego se vaya de juerga loca y tenga una sobredosis.

—¡Ya lo sé!

Ella intentaba asegurarse de que yo no decidía nada a la ligera y yo intentaba dejarle claro que yo nunca hacía así las cosas. «¡Nada de esto es a la ligera!», quise decir. Quise gritar.

No estaba segura de incluir ese «cosas para recordarla» en mi carta. Podría sonar como si insinuara que iba a olvidarse de Ruth, y era terrible escribir algo así a la hija de otra persona.

Jean dijo que le parecía bien. Jean dijo:

—Quizá no hace falta ser tan cuidadosa.

Envié la carta deshaciéndome del «para recordarla». Añadí unas líneas diciendo que las últimas horas de Ruth habían sido tranquilas y sin dolor, que era lo que había oído decir a otras personas del hospital sobre sus allegados. Escribí que el médico y todas las enfermeras la querían; eso sí que era verdad. Que hubo calma al final, Jean y yo tomadas de la mano en su momento de aceptación. No quería que Eleanor se sintiera mal por contarle cosas que pudieran causarle remordimientos o hacerle la vida más difícil. A veces me avergonzaba que mi vida fuese mejor que la suya. Decirle que por favor se llevase lo que quisiera era una oportunidad para compensarla. Para demostrarle que yo sabía que no tenía dentro de mí las cosas que le hacían la vida difícil, y que ese era mi privilegio.

En los días y semanas posteriores a la muerte de Ruth pensé en Eleanor todo el tiempo. ¿Le había robado yo algo? En la carta le sugerí que fuera al piso el domingo siguiente por la tarde. «Dejaré la llave debajo de la piedra que hay detrás de los cubos de basura», escribí. Dije que pasaría a eso de las cuatro por si necesitaba ayuda, como si siempre estuviéramos quedando aquí y allá, cuando en realidad nunca habíamos hecho nada igual, aparte de esa vez en el hospital. Que había salido bien. Un psicólogo de la televisión americana que me gustaba decía que el mejor indicador del comportamiento futuro era el comportamiento pasado. Yo estaba emocionada. Le devolvería algo que ya era suyo. No era una compensación exactamente, sino una forma de demostrarle que yo sabía lo afortunada que había sido y lo que tocaba hacer.

La realidad legal era que Ruth me lo había dejado todo a mí. Jean me leyó el testamento sentada en su tocador entre todos los frascos de perfume y el espejo. El piso de Eleanor no podía venderse a menos que Jean, Eleanor y yo diéramos nuestro permiso.

—Eso está muy bien —dijo Jean—. Ha sido cosa mía.

Yo quería que Eleanor tuviera todo lo que quisiera. Nos dividiríamos las cosas, eso era lo justo. Nunca la había considerado una mala madre. En primavera había leído un libro sobre familias distanciadas que me hizo comprender que no había tenido la menor opción de ejercer la maternidad. Por ejemplo, yo no diría que era una mala conductora porque nunca me habían dado ninguna clase de conducir. ¿Cómo iba a saberlo, entonces? A lo mejor se me daba muy bien.

Jean intentó hacerme cambiar de idea una vez más.

—No me parece bien —dijo en voz baja.

—¿Qué te preocupa?

—Me preocupa que aparezca con un camión y se lo lleve todo. Siéntate un momento.

Me contó una historia de una novela que le gustaba donde ocurría precisamente eso. El joven le había dicho a su madre viuda que podía coger algunas cosas, un buen puñado de la casa que ahora le pertenecía a él, lo que quisiera antes de que él se mudara allí con su nueva esposa, y la madre había contratado varias furgonetas y muchos hombres y se había llevado todo lo que era interesante, valioso o hermoso. Cientos y cientos de objetos, casi todo, bien embalado y trasladado al otro extremo del país, de manera que la casa, privada de sus maravillas, desnuda y vacía, ya no funcionaba como hogar. Ella odiaba a la nueva esposa de su hijo —añadió Jean—. Sabía que no apreciaría esas cosas maravillosas. La esposa era bastante bruta, la verdad sea dicha.

—¡No puedes creer todo lo que dicen los libros, Jean! —Eso me pareció ingenioso por mi parte; le di un tironcito en el codo.

—A ver, ¿cómo te sentirías si Eleanor vacía el piso?

Lo pensé unos instantes.

—Sería un honor.

Jean gimió y se le escurrió el color de la cara, algo espectacular porque siempre se ponía mucho colorete y ahora parecía un payaso asustado.

—Lo único que quiero es el escurridor rojo —dije—. Porque eso es Ruth.

—Bien, pues al menos llévate eso.

—Ya lo he hecho. —Fui a buscarlo debajo de mi cama y me lo puse en la cabeza—. ¿Te gusta mi nuevo sombrero? Es transpirable.

Jean se echó a reír.

—¿A que nos llevamos bien? —dijo.

Esa semana Jean me estuvo dando ánimos continuamente. Lo metía en los estofados. Lo horneaba en los pasteles. «Puedes ser lo que tú quieras, puedes hacer todo lo que te guste, y no hay nada, nada, que no puedas conseguir»: me recitaba esas cosas en la parada del autobús o mientras nos lavábamos los dientes.

Comíamos natillas a la hora de acostarnos, nos lavábamos los dientes y luego comíamos más natillas. «Qué coño», decía Jean. En los ánimos de Jean nunca había ninguna mención a «considerando lo que has pasado», algo que yo apreciaba. A veces, en sus entusiastas ánimos, lo que escuchaba era «Puedes ser lo que yo quiera», pero eso habría sido injusto. Jean era como un gurú de la tele que todas las mañanas me soltaba sus frases pegadizas. Y sus ánimos eran de lo más aleatorio: «¡Bien hecho!», por levantarme de la cama y vestirme, o por untar la tostada con mermelada de albaricoque. «Demuestras tener clase por no elegir la de fresa». ¿La elección de mermeladas era una prueba de carácter? Era agotador que Jean intentara insuflarme confianza todo el día, toda la noche, que quisiera lo mejor para mí. ¿Consideraba que si nos sentíamos mal estábamos fracasando? Una noche la sorprendí mirándome con una expresión de leve asombro mientras veíamos la tele, y tuve la certeza de que me prefería a su propia hija.

¿Era yo alguien a quien acudía la gente en busca de una segunda oportunidad?

Un sábado por la mañana volvía a rondarme y dijo:

—¿Puedo preguntarte algo absolutamente horroroso y pedirte de antemano que me perdones?

—¿Qué? Sí, supongo.

—¿Te ha hablado alguien de salud sexual y reproductiva, como la llamaban en 1066? Sexo y demás. Relaciones. Amor. Orgasmos. Anticoncepción. Quién saca la basura y esas cosas.

—Eeeh, sí, creo que… todo bien.

—Sobre todo la anticoncepción, supongo es de las…

—La cuestión es que si a mi familia se le hubiese dado bien la anticoncepción, yo no estaría aquí.

—Ah. Bien dicho.

Unas semanas antes de que Ruth muriese, Jean seleccionó a cuatro chicas de mi curso y nos dijo, enojada, que después de hacer los exámenes de secundaria el verano siguiente teníamos que pensar en Oxford. Nos hizo entrar en su aula a la hora del almuerzo. Lo contrario sería una estupidez. Pronunció «estupidez» como si fuera una maldición. Era nuestro deber:

—Sois fuertes, listas y capaces. Esos son dones que conllevan responsabilidad. —Su voz era claramente amenazadora. Su expresión casi furiosa—. ¿Comprendéis?

A lo mejor había estado viendo demasiadas películas de gánsteres. A Jean le daba tanto miedo parecer sentimental que a veces, cuando te elogiaba, parecía que te estuviera regañando. Para ella la educación era como el amor, pero sacándole toda la emoción. La emoción la había traicionado en la vida de muchas maneras, decía.

En el colegio, la gente pasaba de puntillas a mi alrededor. Las alumnas de mi curso eran jóvenes para su edad. Una tarde leí un artículo en el periódico local sobre una cartera que había pasado diecisiete meses en la cárcel por llevarse todo el correo a su piso de Somers Town. Había una foto de su casa con un mar de cartas, cuarenta y tres mil sobres y paquetes variados, blancos y marrones, desparramados por el suelo. En un extremo de la fotografía se veía una anticuada cocina de gas y una cama sin hacer, y en el centro una silla de jardín de plástico blanco que se había caído hacia atrás y yacía como un animal ebrio encima de todo el correo. A la mañana siguiente estábamos en el aula durante el recreo. Yo quería hablar del estado mental de la cartera. Algunas chicas se leían unas a otras líneas de una obra —*Lisístrata,* en la que las mujeres griegas se declaran en huelga de sexo para que los hombres pongan fin a la guerra— porque había audiciones algo más tarde, esa misma semana. Pensé que la historia de la cartera mostraba la dolorosa necesidad de esa mujer, la loca fantasía provocada por la soledad, de que todas las cartas eran para ella. Quería popularidad o control. Comunicados, respuestas, cheques, atención, amor, tarjetas de cumpleaños, cupones de descuento. Más vida en su vida. Tuve la sensación de que en el aula nadie escuchaba realmente mis reflexiones sobre su psicología.

—¿Qué creéis que significa todo eso? —pregunté.

—Significa que no tenía ni puta idea de hacer su trabajo.

Qué decepcionante.

Ruth me había contado que su madre detestaba recibir cartas porque no podía imaginar noticias que no fueran malas. Jean dijo que el daño que causaba la guerra era inimaginable para una persona moderna.

Busqué en qué facultad de Oxford había más gente procedente de la enseñanza secundaria pública. Estudié detenidamente el anguloso edificio de los años sesenta, de cristal oscuro, ladrillo y hormigón; tenía un aspecto sombrío, pero también un jardín acuático lleno de vegetación, juncos y hasta nenúfares. Había habitaciones como cajas de cristal apiladas unas sobre otras, de un verde resplandeciente por el reflejo del jardín. Serio, habría dicho Ruth, y democrático, profesional. Entonces no sabía que un poco más arriba de la colina había edificios Disney del siglo XIII de color dorado pálido, con gárgolas y torrecillas y rosaledas y chicas de pelo largo y vestidos vaporosos sentadas en barcas con botellas de champán y sombreros de paja. No necesitaba saberlo. No habría cambiado nada. Ese tipo de cosas me avergonzaban.

En casa de Jean hacía tanto calor que podías pasearte todo el día en ropa interior, aunque nosotras no lo hacíamos. Me contó que había pasado una infancia gélida y que cuando tuvo algo de dinero juró que NUNCA volvería a pasar frío. Estaba orgullosa de su feroz calefacción.

—Carecer de lo que ni siquiera quiero puede hacerme sentir privación —decía—. Si tengo demasiado calor por la noche, me resulta imposible quitarme las sábanas. Sería un grave acto de deslealtad hacia mi yo tembloroso. Siento los excesos como una forma de resistencia. Una victoria sobre la adversidad. La mitad del tiempo funciono como un camello. Por eso estoy gorda, supongo. Y tampoco me disgusta el derroche. Es como un lujo. Pasado de moda, lo sé.

A menudo me hablaba de su infancia. Decía que todo lo que hacía en el presente era una reacción a sus privaciones. Creo que era su forma de animarme a hablar de mi vida.

Ya sabía más de los primeros años de Jean que de los de Ruth. La madre de Jean había muerto cuando ella tenía catorce años y no se lo había dicho a nadie en el colegio.

—No quería que las chicas tuvieran nada que pudieran usar contra mí, que me pillaran a contrapié. ¿Me entiendes? Me las arreglé bien. Todos los días, cuando volvía a casa del colegio, me preparaba una bolsa de agua caliente, me la metía debajo del jersey y me comía media hogaza de pan untado con mermelada de mi madre. Había dejado tarros y más tarros. Me pasé años comiéndomela. Eso y la tele hacían que nunca estuviera sola.

Unos segundos después:

—En cierto modo, me sentía orgullosa. Habría sido insoportable que en el patio de recreo la gente me definiera por acontecimientos de la vida que no había elegido. Eso no parecía guardar mucha relación con lo que una era en sí.

Asentí con la cabeza para mostrar que había captado lo que decía.

Llegó el domingo; por la mañana Jean me trajo té y tostadas y se sentó al borde de la cama, como le gustaba. A veces me daba la impresión de que deseaba meterse dentro. Ella quería retomar el tema de los objetos del piso, pero cerré la cuestión. Envolví la tostada en papel higiénico, la metí en un sobre y la metí bien hondo en el cubo de la basura. Sentí que protegía mi intimidad. A la hora de comer salí a dar un largo paseo. Intentará volverte loca, me había dicho Ruth, pero recuerda que es una «mujer buena, amable, fuerte, dolida y sensata». Sí sí, pensé, y luego: Ya sé, quizá un poco de aire fresco me ayude. Ruth era muy partidaria del aire fresco; decía que caminar a menudo ayudaba a poner las cosas en su sitio. Que te calmaba. Fui andando hasta Regent's Park. Les di a los patos y a los cisnes algunos de los pasteles rancios del funeral, pero no me quedé mucho tiempo. Prefería las calles, el tráfico, los autobuses y las tiendas a los sauces, los gansos, los puentes decorados y las barcas, que me parecían lo opuesto a la realidad. Habían perdido su encanto. Compré un helado de caramelo en Baskin-Robbins, pero tenía un sabor trágico y lo tiré. Últimamente apenas podía comer. Jean sacaba platos con trocitos de queso, pepino, rodajas de manzana y galletas integrales y me decía que si me podía comer eso ya estaba bien, y eso hacía. Me senté en la acera frente a la estación de Baker Street, junto a la oficina de objetos perdidos. Había mucha luz y las calles rebosaban de gente haciendo su vida.

Empecé a llorar por Ruth. Lloré por sus elevados principios, por la dignidad con la que se comportaba como si las dificultades de la vida fueran, de algún modo, un gran honor. Lloré por su fe en sí misma. Lloré porque no había en ella nada secundario en lo más mínimo. Lloré porque era muy tranquila y equilibrada. Lloré porque me parecía increíble no volver a verla. Lloré porque las yemas de sus dedos siempre parecían rojas y frías cuando le asomaban de los mitones, que le gustaban porque los guantes completos le daban claustrofobia. Lloré porque se había desvivido por hacerme sentir valiosa y amada. Lloré porque nunca la vi comprarse nada bonito. Lloré por el dolor que llevaba en el corazón, por su falta de poder y de control sobre su vida, una especie de prisión a veces, y porque nunca se quejó ni pidió ayuda. El buen humor que se ponía como un uniforme todas las mañanas. Su sonrisa. Esa sensación de que nos entendíamos sin tener que decir nada, de que sabíamos ser cuidadosas pero no de una forma ansiosa, sino solo por una cuestión de cuidado, de cariño. Las cosas que nos entristecían también nos fortalecían, eran nuestro poder.

Debí de cerrar los ojos, porque cuando miré el reloj eran las cuatro y diez y me entró el pánico. Corrí un poco y luego me subí a un autobús en el semáforo. Esperaba que a Eleanor no le importara que llegara tarde. La idea de que pudiera pensar que no me importaba era horrible.

No había vuelto al piso desde el funeral. Estaba nerviosa. Ni siquiera sabía qué esperar. Me preocupaban los sentimientos de Eleanor, y con Jean había sido dura, ahora lo veía. Montones y montones de errores por todas partes. Tendría que haber intentado reunirlas mucho antes del final. ¿Por qué no lo hice? Sentí que hasta esa cartera que se llevaba la correspondencia a casa para que le hiciera compañía se reía de mí. ¿Y si Eleanor sí que se lo llevaba todo? Tenía retortijones. Sentí la acritud de todo el ácido que se destilaba en mi interior; nudos de pánico. Entonces recordé que aún quedaban dos frascos de morfina de Ruth en el piso, de 10 mg/5 ml, uno lleno, otro con tres cuartos… DIOS. Me detuve junto a una papelera, vomité —tres pequeños grumos transparentes— y me limpié la boca con la manga. ¿Cómo podía ser yo tan peligrosa? Hacía un tiempo había ido a una reunión para familias. Cogí el 29 al West End, me colé por detrás, no se lo dije a nadie. Una mujer contó que cuando su hijo probó la heroína por primera vez sintió un gran subidón de lo que él le describió como «paz y protección». La madre no se lo esperaba. Que las drogas pudiesen proporcionar una sensación de salud y seguridad. Entonces ella le contó que cuando estaba embarazada le habían recetado morfina para el cáncer, por lo que él había reconocido… no el sabor, no recuerdo la palabra que utilizó. La sensación, la calma, la cura. Su hijo sentía que su búsqueda de la felicidad había terminado, dijo ella. Así de fuerte era su apego. A eso me enfrentaba. Él dijo que era como el amor.

La sala se había quedado completamente en silencio hasta que una mujer vestida con una camisa verde se levantó de pronto y gritó:

—Sí, pero claro que él iba a decir eso. Claro que te echaría la culpa a ti, el muy cabrón, ¡eso es lo que hacen! No hay que creerles.

Alguien más empezó a hablar acaloradamente e intentó sentar a la mujer. Se inició una pelea. El moderador se levantó de la silla y extendió los brazos:

—¡Eh, eh, eh! —gritó—. Tengan la amabilidad de recordar que en esta sala desaconsejamos las conversaciones cruzadas y las interrupciones.

Se revolvieron en las sillas, hubo exclamaciones y sonidos de desaprobación. Me marché aturdida. Volví andando a casa. Paré en un McDonald's cerca de Warren Street, compré una hamburguesa con queso y me la zampé en medio minuto. Pan blando caliente, sal, azúcar, pepinillo, grasa. Seguí andando.

Eleanor no se llevaría nada del piso excepto esos frascos marrones. Ahora lo sabía. Se me llenaron los ojos de lágrimas, me palpitaba la cabeza. Nos imaginé sentadas a la mesa de la cocina dándonos morfina a cucharadas como en una merienda, gelatina en sus envases de papel. Una para mamá, otra para el bebé. Tendría que haberle permitido a Jean que me acompañara. Jean era tan directa que a veces yo lo interpretaba como una falta de ideas, pero era pura fuerza. Me imaginé a Eleanor tirada en el suelo, inmóvil. Tal vez algún vecino me ayudaría a sacarla de allí, a forzar la cerradura de la puerta del baño, a meterla en una ambulancia. A hacer que anduviera por la habitación hasta que despertara, hasta que llegase la ambulancia, con los pies colgando, las flacas piernas adormecidas.

Una vez compré un kit de naloxona con mi dinero de Navidad. Consistía en una «jeringuilla precargada para revertir la sobredosis de opiáceos». Me había parecido conveniente tener una en el piso. Guardarla debajo de la cama. Por si acaso. No le dije nada a Ruth. Era fácil de usar, al parecer. Incluía la aguja y todo lo necesario. «Cualquiera puede administrar naloxona en caso de emergencia a alguien que creamos que sufre una sobredosis». Pero el kit nunca llegó. ¿Quizá era una estafa? Dieciséis libras tiradas a la basura. No era el fin del mundo. ¿Quizás me sentí aliviada?

En caso de emergencia, ¿tendría fuerzas para bajarla por la escalera hasta la calle? Eleanor no era gran cosa. Quizá la nueva mujer de la planta baja me ayudaría. Empezó a llover; las gotas de lluvia se deslizaron calientes y sucias sobre mi piel. Ojalá estuvieran esperándome en la esquina. Alguien como Ruth. ¡Ruth!, grité al aire de la tarde. ¡Ruth! De pronto aquello parecía otra tragedia griega. Dime, ¿pretendías matar a tu madre por error?

Corrí calle arriba entre flores podridas, con el sudor goteándome entre los omóplatos, mientras los acontecimientos de mi vida aceleraban sin mí. No había ninguna luz encendida en el piso que yo pudiera ver, pero tampoco era de noche. Fuera vi un coche viejo que no reconocí, con el tubo de escape colgando, y en el portal alguien había tirado una chaqueta de cuero brillante, pero estaba segura de que era de hombre. Todo estaba muy silencioso. Subí corriendo la escalera, dejando mis huellas húmedas en la alfombra, apretando la llave en la palma de la mano hasta que me dolió. Me costó abrir la puerta por todas las cartas amontonadas. La mayoría eran facturas, pero algunos sobres iban dirigidos a mí. Los aparté con el pie y me colé por la abertura al recibidor. «Querida Lily: nos ha sorprendido y apenado mucho la triste noticia».

Ruth estaba en todas partes: en el olor de las cebollas friéndose y del jabón francés de claveles que le gustaba por Navidad, en todas las medicinas obsoletas y las madejas de lana y siete décadas de libros, miles de párrafos y capítulos y frases con pequeñas e inteligentes anotaciones a lápiz en el margen: «Su soneto más miltoniano, sin duda», y «cf. A. E. Housman». Por encima de todo, en el aire, estaba su orgullo. Se abalanzó sobre mí. Entré en el cuarto de baño, vi los dos frascos de Oramorph en su sitio del armario. Los cogí y noté que estaban llenos. Me asomé al dormitorio, me senté en el borde de la cama perfectamente hecha tal como la habíamos dejado, la funda acolchada granate con su brillo apagado de aspecto dramático en contraste con la sábana blanca pulcramente doblada. Un jarrón verde con flores secas y su libro abierto en la mesilla de noche: *Buenos días, tristeza*. Cuando lo empezamos, pensé: ¿y si no es lo bastante bueno para ser el último que leamos? No me pareció que fuese una gran obra. Se lo dije a Jean y fue tajante: «A veces, en la vida, necesitas más un libro bueno que uno excelente». Eso me asustó. ¡Era tan atípico de Jean! Quizá fuese un libro muy bueno, yo no sabía de qué estaba hablando. La cubierta era bastante barata, con una chica semidesnuda. Quizá yo tendría que haber dicho algo. Diferentes reglas al final de la vida, ¿no? El libro la habría devuelto a su juventud, me explicó Jean más tarde.

Había una fina capa de polvo que lo cubría todo, un marco con una foto mía de bebé con esos ricitos tan monos, un peine de carey que aún conservaba un cabello castaño grisáceo. Introduje el cabello y el peine en un sobre que guardé en el bolso junto con mi foto enmarcada para que le hiciera compañía. Apoyé la mejilla en la funda de la almohada y respiré el aroma de Ruth.

Al final le había prometido de todo. Le dije que haría que Eleanor se recuperase. Le dije que tenía un plan infalible. Débil como estaba, me dirigió una mirada dubitativa. Tendrás mucho trabajo. Ambas sabíamos que no podía darle nada mejor. Eso era lo mejor que yo tenía. Y entonces dijo: «¿Oxford?». Siempre fue ambiciosa en lo que a mí concernía. No digo que fuera malo, pero era curioso que me educaran para pensar que el mundo era mío por todo lo que habían perdido quienes me precedían.

—Eres encantadora —dijo con esfuerzo. Se estaba durmiendo. Le toqué el pelo con el dedo meñique.

—Buenas noches, ángel.

Me miró con cuidado.

—¡Todavía no!

Tengo que acordarme de contar chistes en mis últimas horas de vida.

Oí un ruido detrás de mí y me levanté de un salto, pero no había nadie. ¿Tal vez un ratón? A veces veíamos uno, rosáceo y escurridizo, de carácter alocado; se llamaba Flora. Fui a la cocina y toqué la tetera, que estaba fría. El salón inerte, salvo por una polilla marrón que revoloteaba en el interior de la lámpara. ¿Sería eso lo que había oído? Las cortinas de las ventanas eran finas; antes las tomaba por ligeras, pero ahora veía que no eran de buena calidad, comparadas con las de Jean. No faltaba nada. Al sentarme en el sofá, me golpeé la espinilla con la esquina de la mesa. De mi madre no había ni rastro. La mujer invisible, como siempre.

Me endurecí deliberadamente. Me sentí cambiar en ese minuto. Vi que los dedos se me ponían rígidos, percibí un ritmo diferente en mi respiración. Era rabia, supongo. Qué terrible, en la vida, querer darlo todo sin que haya nadie dispuesto a recibirte. Algunas personas creían que si no le importabas a tu madre, que te conocía mejor que nadie porque en cierto modo te había inventado, algo en ti debía de estar realmente mal. Yo no lo veía así, pero había leído que era importante dejar que entrasen todos los sentimientos para que no tuvieran poder sobre ti y pudieras liberarte. No guardarse nada solo porque era demasiado malo para mencionarlo. Tener una madre que no era maternal.

Me quedé allí sentada mientras anochecía, meciéndome en nuestro sofá. El viejo cárdigan de Ruth seguía colgado de la silla y toqué la lana seca. Me la acerqué a la nariz. Tuve la sensación de que nunca volvería a sentir lo que estaba sintiendo. Que no me lo permitiría porque era demasiado doloroso. El momento era intenso y penetrante, la habitación vacía palpitaba, la oscuridad se cerraba a mi alrededor. Me eché la rebeca sobre los hombros y metí los brazos en las mangas.

Algo después vi que se encendían las luces de la calle y luego oí la voz de Jean llamándome desde el descansillo, suaves golpes en la puerta.

—Lily, Lily, ¿estás ahí, cariño? ¿Me oyes? ¿Puedo pasar, por favor? ¿Estás bien? Tengo café. Tengo sándwiches y pastel. Tengo el número de un taxi.

Fui hacia la puerta con piernas tambaleantes y allí estaba Jean con su cara inteligente y curiosa y su pelo resplandeciente, los brazos extendidos como si fuera un avión, un espantapájaros o Jesucristo en la cruz, y se me fueron las fuerzas y me desplomé sobre su pecho.

—Joder, Jean.

—Lo sé.

Permanecimos un rato en silencio, con Jean sosteniéndome, hasta que ella me dijo: «Dime lo que piensas», y así lo hice.

—Esto no tiene sentido. No es para lo que me había preparado. Siempre pensé que sería mi madre. Que recibiríamos una mala llamada en plena noche. No soportaba el sonido del teléfono. Una vez, en mi cumpleaños, hubo una mala llamada temprano, creo que debió de ser una sobredosis, y seguimos adelante con la fiesta. Pero luego oí que le decías a Ruth que la habían soltado, así que supe que estaba viva. O si veía a un policía por la calle me escondía porque pensaba que venía a traerme malas noticias, porque en la tele siempre vienen policías a casa. Tampoco me gustaban las noticias de la tele por si decían que mi madre había muerto. Sé que es absurdo porque no era famosa ni nada, pero aquellos que queremos siempre son famosos para nosotros. Para los niños. Además, que se muriera sin avisar, sin despedirse, eso me daba miedo si no la veía desde hacía tiempo, o que se muriese sola. Eso sería insoportable. Sin nadie que la ayudara. Así que intenté pensar que podría ocurrir en cualquier momento, para estar ya avisada, para protegerme. No quería que me sorprendiera. Quería verlo venir. Simplemente no pensé que Ruth se iría primero. Eso nunca me lo planteé. Era tan fuerte. Permanente. ¡Está tan mal que los padres mueran antes que sus hijos!

Jean abrió la boca y volvió a cerrarla; sus labios se asentaron en una mueca de gran preocupación. No era lo que yo necesitaba, pero no se le podía decir a la gente lo que sentías e insistir en que no reaccionaran. Quizá sí cuando eras mayor, si conocías muy bien a una persona. Por ejemplo, si llevabas cincuenta años casada con alguien muy agradable, entonces seguro que esa otra persona sabía cómo te gustaba que reaccionara. Cuándo optar por la prudencia, cuándo por el desafío, hasta qué punto había que tomarte en serio. Era algo preestablecido. Bromas para calmar. Momentos en los que una broma no ayudaría en absoluto.

—No sé cómo expresarlo. Lo siento —dije. Jean odiaba esa clase de conversación. Se decía que en el colegio tachaba un párrafo con una línea verde y escribía «bla bla bla»—. Ahora solo estoy yo, ¿verdad? Flotando sin nada a lo que agarrarme, sin nada que me sujete. ¿No es eso…? La verdad es que no sé qué… Lo siento —dije—. Lo siento.

—No. Lo que dices es importante.

—Soy como una familia unipersonal, ¿no?

Negó con la cabeza.

—Lo siento mucho —dijo. Me alegró que no me contradijera—. Espero poder ser como una familia para ti, lo bueno de la familia sin lo malo. Si eso es posible. Es lo que me gustaría, si pudieras soportarlo. Nunca daría nada por sentado.

—Gracias.

—He vuelto loca a la gente toda mi vida y no me gustaría añadir otro nombre a la lista de víctimas. —Sonrió.

No supe qué contestar.

—¿Sí? —dije con cautela.

Se rio.

—Y has hecho muy feliz a Ruth.

—¿Tú crees?

—La diferencia fue evidente para todos los que la conocían. Se transformó por completo después de que entraras en su vida.

Eso ya era más de lo que podía soportar.

Finalmente:

—Vamos a casa —me dijo.

—Esta es mi casa.

Jean cerró los ojos un instante. Tuve la sensación de que una mujer diminuta daba vueltas por un edificio enorme en busca de puertas.

—¿Quieres decir que te gustaría que viniéramos a vivir aquí?

Negué con la cabeza.

—No, eso no estaría bien, para nada, no puedo esperar algo así. Y tu casa es tan tuya.

—Lo haría. Encantada, bueno encantada tampoco porque la situación es muy triste, pero ya sabes a qué me refiero.

—Sí.

—¿Por qué no te lo piensas?

—Vale.

—En otro orden de cosas —dijo con cuidado—, tengo algo que contarte. Es inesperado y no es el momento perfecto para anunciarlo, pero… La hija mayor de Louisa, Izzy, va a tener un bebé. Una niña.

—¿Qué? ¿Cuántos años tiene?

—Tiene tu edad. Quince.

—¿Qué?

—Lo sé.

—Vale, entonces, bueno, eso es. . . ¿Cómo te sientes?

—Una nueva persona de sexo femenino siempre es una buena noticia, es lo que le dije a Louisa. Y creo que seré una abuela «estupenda».

—¿Y el padre…?

—Cuando pregunté por él, Izzy dijo: «Abuela, ya sabes cómo son los chicos. Creo que no son personas del todo, como las chicas».

Empecé a reírme, aunque también lloraba.

—Debes de haberte sentido orgullosa.

Jean me tiró un beso.

—Louisa está furiosa, desde luego, pero quiere que me involucre.

—A lo mejor podría ayudarte.

—Eso sería estupendo. ¿Te gustan los bebés? No son algo del gusto de todos.

Parpadeé sorprendida.

—La verdad es que no conozco a ninguno. Pero la gente siempre dice que son adorables y esas cosas.

—Pueden serlo, es cierto. Es decir, son como personas. Algunos son unas criaturas magníficas y otros se mueven en lo más bajo de la escala. Amorfos y aburridos. A ver si tenemos suerte con esta. Crucemos los dedos.

—¡Jean!

Recogió mi bolso y se lo echó al hombro, introdujo mi taza de café vacía dentro de la suya. Me tomó la mano, como un príncipe de Disney a una doncella, y la besó. Amor cortés, así se llamaba, con dragones y caballeros con cuello de encaje. Nos lo enseñó la señorita Reynolds en décimo curso. «No confundirlo con el amor a los cortes —dijo—, es algo muy distinto».

Jean me sujetó la chaqueta y metí los brazos en las mangas. Me detuve un momento mientras bajábamos la escalera.

—¿Sabes cosas, Jean, que yo desconozco?

Se volvió para mirarme.

—¿Sobre tu vida, quieres decir?

—Sí.

Subió a mi peldaño y me dio un golpecito en el brazo.

—Alguna que otra, alguna que otra.

Créditos

Lema: Stevie Smith, «I Forgive You», de *The Collected Poems and Drawings of Stevie Smith* (Londres, Faber and Faber, 2015). Reproducido con permiso de Faber and Faber Ltd.

Página 39: Howard A. Walter, *I Would Be True* (1906).

Páginas 49 y 55: Elizabeth David, *French Provincial Cooking* (Londres, Michael Joseph, 1960).

Página 201: *Apusski Dusky* (canción tradicional sueca).

Gracias también a Sarah Hart por *A Mother Apart*.

Esta novela se terminó
de imprimir en agosto de 2024,
59 años después de que Lucian Freud,
padre de la autora, pintara *Reflejo con dos
niños (Autorretrato)*. Si nos acercamos a la
sala 49 del Museo Thyssen-Bornemisza
de Madrid, podemos observar que
Rose y Ali, los hermanos
mayores de Susie Boyt,
nos miran divertidos
desde la esquina
inferior izquierda,
como saliéndose del cuadro.

Harriet ha dejado a su novio Claude, «la rata gabacha». Así al menos es como Harriet ve las cosas, aunque sea Claude quien acaba de pedirle que abandone su apartamento en el Greenwich Village. De un modo u otro, ella no tiene intención de marcharse. Las amigas la tratan con condescendencia y le aconsejan; Harriet se ofende, y es fácil entender por qué: por muy trastornada que esté, ella ve más allá de los tópicos de cortesía que todos se contentan con seguir. Es una profetisa sin complejos, desatada, implacable y, sobre todo, mordaz mente divertida acerca de la vida de las mujeres. En un giro inespera do, encuentra su hogar en el hotel Chelsea de Nueva York.

Esta novela es mucho más que un divertido ejercicio de humor negro gracias a su inquietante final, con esa reflexión sobre los retos del feminismo. Mientras Harriet recuerda al Portnoy de Philip Roth y al Ignatius de *La conjura de los necios*, Owens evoca a una Sontag antes de Sontag.

Al igual que nuestras mejores escritoras (Joan Didion, Joyce Carol Oates), Owens no teme asumir riesgos […], es una escritora muy inteligente y diabólicamente sardónica […]. En cada página, los chistes explotan como minas antipersona. Se nos escapa la risa, con cierta desazón, pero cada dos por tres.
Newsweek

Voy a preguntarle a la madre de Huw si puede salir a jugar. ¿Puede Huw salir a jugar, oh, Reina del Lago Negro? No, no puede, está en la cama, que es donde deberías estar tú también, diablillo, en vez de ir por ahí armando jaleo a estas horas de la noche.

En un pueblo minero de Gales, marcado por el hambre y la religión, el trabajo agotador y la Primera Guerra Mundial, pero también habitado por la magia y la naturaleza, las correrías del protagonista con sus amigos los introducen en el mundo de los adultos. El joven narrador nos ofrece una tierna mirada sobre ese entorno y sus acontecimientos mientras se dedica, casi a partes iguales, a su madre viuda y trastornada, a su mejor amigo Huw y al pan con mantequilla dondequiera que se encuentre. Lírica y visceral, cómica y trágica, terrenal y gótica, sesenta años después esta novela sigue eludiendo la clasificación.

Esta fue la única novela de Prichard y le valió un amplio reconocimiento. Su dura historia, oscura en algunos pasajes y en cierto modo autobiográfica, está impregnada de humor e iluminada por una prosa lírica que recuerda al realismo mágico. En 2014 fue elegida la mejor novela galesa de todos los tiempos.

Una novela provocadora, sólida y absolutamente convincente.
Chris Ross, *The Guardian*

Porque aquel ser me tenía cariño, y ser amado por un monstruo era la mejor de las protecciones contra el horrible mundo.

El verano de 1969 parece interminable. A sus trece años, Michelino ya ha leído demasiados libros y pasa las vacaciones con sus abuelos, en una casa de campo donde un viejo sirviente, Felice, está perdiendo la memoria. El niño inventa un juego: poner en orden los recuerdos de este Hombre del Verdigrís, encarnación de miles de monstruos fantásticos, mediante ingeniosos dispositivos mnemotécnicos. Así se adentra en los orígenes secretos de Felice. ¿Es la víctima o el villano de su propia biografía? En ella se mezcla el misterio sobre la propiedad de esa casa con exiliados rusos, franceses que hablan bajo tierra, toneles de dudoso contenido y esqueletos con uniformes militares, mientras las babosas del jardín se convierten en feroces enemigos y centinelas.

Verdigrís injerta en la tradición de la novela de aventuras encarnada en Stevenson las obsesiones de Edgar Allan Poe para componer esta historia de una amistad improbable, el peligroso viaje de un niño que parte de los solitarios páramos de la literatura hacia un destino incierto.

Si tuviera que dar un premio a un escritor italiano vivo, elegiría a Michele Mari.

Domenico Starnone

En 1913, con veinte años, la autora dio la espalda al elegante mundo sureño en el que había nacido y huyó a Brasil con el decano de una universidad de Nueva Orleans que le doblaba la edad, casado y con hijos. Perseguidos judicialmente por la esposa, el romance se convirtió no solo en un gran escándalo social, sino también en un caso policial. La pareja tuvo un hijo y soportó una agotadora serie de dificultades que proporcionaron la materia prima para esta autobiografía novelada.

Publicada en 1923 entre expresiones de indignación moral y admiración literaria, *Escapada* es un relato lleno de imágenes sorprendentes y escrito con un estilo audaz. Aunque los lectores no se escandalicen hoy por esa relación adúltera, apreciarán el valiente rechazo de una mujer a la moralidad de su época, narrado con una prosa que evoca la obra de Lispector y Kavan.

Admirada por Kay Boyle, amadrinó la publicación de *El ruido y la furia,* y Faulkner le correspondió con este elogio sobre su obra: «No está mal para una mujer».